GOBOOKS & SITAK GROUP©

GOBOOKS & SITAK GROUP ©

三日月書版

三日月書版

輕世代
FW182
水果布丁
Illust arico
早安，幽靈小姐
おはよう
幽霊のお嬢さん
volume 3
★祕密同居進行式!?★
三日月書版

Characters

保護寵物不被超渡是主人的義務。

Super Idol

莫榛

男主角，180cm，高傲不可一世的人氣明星，其實內心很保守，所以不輕易靠近別人。

阿遙

女主角，158cm，身材纖細，性格活潑，因受傷昏迷而靈魂脫體，目前為幽靈狀態。

因失去記憶，名字是從莫榛專輯名稱「遙不可及」而來。

Phantoum
守護主人的貞操是寵物的使命！

Morning
早安，幽靈小姐
おはよう，幽霊のお嬢さん
tom

contents

第四十四章

交鋒

黎顏的外公住在江家老宅，離市區有一段距離。和陳清揚吃完午飯，她便搭計程車去找外公。

這個時段車不多，司機既有生意、一路上又順暢無比，心情好得唱起了歌。

黎顏則看著窗外匆匆而過的風景，沉思著等一下要怎麼應對外公的質問。

手機突然響起，她掏出手機，是向雲澤打來的。

下意識地愣了愣，她有些侷促地接通了電話，「雲澤哥哥？」

這聲雲澤哥哥真是讓向雲澤心裡五味陳雜，不過他還沒忘記自己打去的目的，「顏顏，我聽清揚說妳找到工作了？」

「嗯……」黎顏眉頭一皺，清揚根本被向雲澤收買了，消息傳得這麼快！

「什麼工作？」

「網路編輯。」

「公司叫什麼名字？」

聽他的口氣感覺就是要把那間公司的底細全查出來啊……

黎顏握著手機沒說話，向雲澤沒等到她的答案，又問道：「黎叔叔他們知道這件事嗎？」

黎顏繼續沉默。

向雲澤無奈地嘆了口氣，「顏顏，我理解妳想工作的心情，可是妳的身體才剛好，應付得了長時間工作嗎？」

即便告白失敗，他也不希望她這麼快投入新環境，萬一更適合的追求者出現怎麼辦？就當成是身為青梅竹馬的私心吧。

更何況，她的身體的確還需要調養。

等了一下，黎顏還是沒回答，向雲澤知道她怕被罵，所以什麼都不敢說。

「顏顏，妳剛畢業沒多久，不用這麼急。如果妳一定要工作的話，可以先到我爺爺的公司去。」與其讓她在外面被別人呼來喝去，還不如將她護在身邊。

「雲澤哥哥，我都二十二歲了……」這個年紀莫榛都拿過影帝了，她哪裡還算年紀小？

至於為什麼要拿莫榛來比較，她也不知道，就是下意識這麼想。

向雲澤也知道自己的說法不太合理，甚至他自己也是在十八歲前獨自去了美國，只是黎顏……她不需要面對這些，他就是想護她一輩子。

「我現在正要去外公家，這件事我會跟好好跟他們說的，你不用擔心。」黎顏說完，趕在向雲澤回話前掛斷了電話。

向雲澤聽著電話那頭的嘟聲，心也漸漸沉了下去。他是想保護她一輩子，但也要看她願不願意。

黎顏掛斷電話，計程車也剛好在江家老宅前停了下來。付了車錢，黎顏吸了一口氣，推開了泛著鏽跡的大門。

這棟房子是江家代代傳下來的，已經有將近百年的歷史了。外公小時候就住在這裡，現在老了，更是捨不得離開這幢住了一輩子的房子。

宅子不算大，有一座小花園，花園後面是兩層樓的西式洋房。

離洋房不遠處有一個倉庫，原本是堆放雜物用，現在已經被外公改建成道館，專門用來教學生。

黎顏本來覺得這裡滿偏僻的，應該不會有人願意跑這麼遠來學武術，不過學生卻是一年一年從未斷過。

他們大概都是被江家祖先的名氣吸引來的吧，聽媽媽說，江家祖先放到武俠小說裡，就像五嶽派掌門這樣的人物。

在家裡幫忙打掃的王媽正在院子裡修剪雜草，見黎顏來了，忙不迭停下手中工作，迎了上去，「小小姐，妳怎麼沒有提前說一聲呢，我也好煮一些妳愛吃的菜啊！」

黎顏不好意思地笑了笑，「不用了王媽，我是來找外公的。」

「老爺正在道館上課呢。」王媽說著，朝屋裡喊了聲何伯，又轉過身來對她道，「我現在去買菜，晚上就留在這裡吃飯吧！」

王媽說完就喜孜孜地離開了，黎顏半無奈半開心地嘆了口氣，往道館方向走了過去。

遠遠就能聽見裡面練習的聲音，還時不時伴著中氣十足的咆哮聲。小時候父母都很忙，三天兩頭就被留在外公這裡，說她是在道館裡長大的都不為過。

站在門口看了一會兒，學生們正在教練的監督下出拳踢腿，外公則坐在一旁悠閒地喝茶。

黎顏走過去，在外公的對面坐了下來，「外公，我來看您啦！」

江老爺子抬了抬眼，笑了一聲，「都是老江湖了，就不要說這些門面話了。」

黎顏抱了抱拳道：「好！江大俠果然快人快語！咱明人不說暗話，孫女我找到工作了！」

「什麼，小師妹找到工作了？」道館的練習不知道什麼時候停了下來，學生都坐在一旁休息，幾個教練全圍了上來。

道館的教練除了少數幾個是招募來的，其餘都是這裡以前的學生。那時道館只有外公一個教練，所有學生都是他親自教導。後來這批徒弟漸漸長大，有的選擇離開，有的留在道館幫忙上課，黎顏小時候經常和他們一起練習，理所當然地成了他們的小師妹。

這麼多年來，大家也把她當親妹妹一樣看待，江老爺子更是只有她這麼一個外孫女，她要出去工作了，這絕對是件大事。

「什麼工作啊？」

「調查過公司背景了嗎？」

樣。

「薪水怎麼算？」

大家你一言我一語地發問，好像黎顏不是要去工作，而是要去闖龍潭虎穴一樣。

「就是普通的網站編輯，是很正常的公司。」黎顏雖然覺得愧疚，也只能說謊了。

江老爺子沒說話，倒是大師兄先沉不住氣了，「小師妹啊，妳要工作不如直接到這裡來，那些來學防身術的都是年輕漂亮的小女生，我們這些男生不好教啊，你們說對吧？」大師兄的目光從眾師弟臉上掃過，師弟們紛紛表示沒錯！

「而且我們這裡還包吃包住！」

「最重要的是，在這裡沒人敢欺負妳！」

黎顏很清楚他們是怕她遇到壞公司，出去被人欺負，只要好好說明的話，他們應該能理解吧？

她抿了抿唇，看著一直沒表態的外公。

只見江老爺子抿了一口茶，才看著她道：「妳已經決定了？」

「嗯！」黎顏堅定地點了點頭，一定要表現出自己非去不可的決心！

外公看了她一陣，平靜地道：「年輕人是該出去闖一闖，我相信妳也是考慮過後才做出決定的。既然這樣，我支持妳。」

江老爺子的話音一落，大師兄就跳腳了，「師父，你又不是不知道小師妹她的病才剛好……」

江老爺子睨了他一眼，大師兄的聲音戛然而止。

「謝謝外公！」要不是外公的形象太威嚴，她真想撲上去親他一口，「爸爸媽媽那邊……」

江老爺子笑了一聲，「放心吧，他們交給我。」

有了外公這句話，黎顏終於放心了。在他們家裡，外公可是站在食物鏈頂端的人！

「對了，你和向家那個小子怎麼樣了？」江老爺子話鋒一轉，關心起了孫女的感情問題。

黎顏有些彆扭地在椅子上挪了挪，「外公，我一直把他當成哥哥。」

江老爺子抿著嘴角沒有說話。他看得出來向雲澤對孫女的感情，黎顏住院的那段時間，他做的事自己也全看在眼裡，只是年輕人的感情問題，長輩不方便插嘴。

不過改天得請老向出來吃頓飯了。

黎顏的作戰計畫很成功，有外公出面，爸爸媽媽輕易就被說服了。直到躺在熟悉的大床上，她的心情還沒有平復下來。

那個只能在海報和網路上看見的人，明天起就能跟她朝夕相處了！

真是……太羞澀了！

「哈哈哈～」黎顏蒙著被子笑個不停，心想明天要穿什麼衣服去見莫天王比較好呢。

在腦中回憶著衣櫃裡的衣服，黎顏也漸漸有了些睡意，把鬧鐘調到七點，她才放心地睡了過去。

隔天早上，黎顏準時被鬧鐘吵醒，她先洗了個澡，又敷了個面膜，才從衣櫃裡翻出昨天晚上想好的搭配。吃完早餐出門的時候，剛好八點半。

再次檢查了一下包包，確定身分證和照片都帶了，才搭車去凱皇。

計程車司機聽到她是去凱皇後，頓時就笑了起來，「小姑娘，又是去追星的吧？妳們天天在那棟樓底下待著，也是滿拚的，不過有用嗎？人家莫榛、安歌知道妳們埋伏在那裡，還會從那裡經過？」

黎顏看著計程車師父眨了眨眼：「安歌是誰啊？」

「現在很紅的歌手啊，妳不認識？」司機很意外，現在搭車去埋伏安歌的女生也不少呢。

「我只知道莫榛。」她說的是實話，整個演藝圈，她認識的明星應該只有莫榛。

畢竟在她陷入昏迷之前，一點也不關心娛樂新聞。

不過這話到司機耳裡就不一樣了，他在心裡嘆了口氣，瞧這妹妹長得多漂亮啊，可惜也是個瘋狂粉絲。

下車後，黎顏直接走進了凱皇大門，被門口警衛攔了下來。

經過一陣詢問，確認她是來辦理到職手續的，才將她放行。

看著黎顏大搖大擺地走進了凱皇，門外守著的少女粉絲們不服氣地道：「警衛先生，你不能看她漂亮就放她進去啊！」

警衛先生只是冷冷地回答：「人家是來上班的，妳們呢？」

帶頭說話的女粉絲一愣，挽起袖子豪邁地道：「你說，你們什麼職位還缺人，我全接了！」

這個提議一呼百應，門口的少女們集體學到了新技能。

黎顏雖然早來了四十多分鐘，不過工作人員也沒讓她等，迅速地拿了一堆合約過來講解，讓她簽名。簽完後，填了員工表格，已經過十點了。

工作人員檢查了一下資料，確認沒什麼問題了，才發給她一個臨時員工證，「妳從那邊的電梯到三十六樓，莫天王在休息室。」

莫天王在休息室。

這句話在她的腦中自動想像成莫榛毫無防備地躺在休息室裡。

大腦空白了幾秒，黎顏呆呆地應了聲，往工作人員指的方向飄去了。電梯在三十六樓停下來後，她深呼吸了一下，壯烈地抬起右腳，跨出電梯。

這層樓這麼大，莫榛的休息室在哪裡？

黎顏沿著走廊往前走，一直走到了一個大廳。一位像是祕書的女人見黎顏過來，先是愣了愣，然後笑著道：「妳是黎小姐吧？妳走反了，莫天王的休息室在另一邊。」

「哦，謝謝！」黎顏站在原地，有些侷促地點了點頭。

「自我介紹一下，我叫韓梅梅，以後大家就是同事了，要互相照顧喔。」比如多透露莫天王的八卦和私生活之類的。

黎顏看著她愣了愣，才道：「妳好，我叫黎顏，很高興認識妳。」

出口的同時，她在心裡鬆了口氣，太好了，看起來還算好相處！

原路返回，總算在走廊另一端找到了莫榛的休息室。門是關著的，黎顏敲了兩下門，一個男人的聲音從裡面傳出：「請進。」

悅耳且充滿磁性。

小心翼翼地推開房門，黎顏往裡走了兩步。

沙發上坐著一個男人，正抬頭看著她，風從他身後的窗戶吹了進來，吹動了他的黑髮，也吹亂了她的心。

這個人就是莫榛，那個被千萬粉絲瘋狂迷戀著的天王巨星。

「你、你好……」

「去片場吧。」莫榛從沙發上站起，打斷了黎顏未出口的話。

片、片場？

她這麼快就要開始工作了嗎？真的不需要再訓練一下嗎？

莫榛沒給她反應的時間，已經憑藉著腿長的優勢走出去了，黎顏只好趕緊跟上。

電梯門開的時候，她剛好跟了進去。

從三十六樓下到地下室，還是得花一點時間。電梯裡只有她和莫榛兩個人，她微微仰起頭，看著莫榛的側臉。他今天沒戴墨鏡，她甚至能數清楚他眼睛上的睫毛一共有多少根。

電梯剛好在地下室一樓停住了，從電梯裡出來，黎顏一路跟著莫榛走到一輛車子前。看著那輛棕金色的跑車，她心裡卻升起一股不安，這個時候應該是助理要開車的，可是……就算她敢拿自己的生命來開玩笑，也不能拿莫榛的生命來開玩笑啊。

莫榛倒是腳步未停，直接走到駕駛座那邊，「上車。」

黎顏愣了兩秒，乖乖地上了車。

車子從員工通道開出去後，凱皇門口還圍著一群等待的少女。

黎顏側頭看了一陣她們漸漸遠去的身影，才轉過頭來對莫榛道：「不好意思，還讓你親自開車。」

莫榛低不可聞地輕笑一聲，瞥了她一眼道：「妳拿到駕照後開過車嗎？」

「……」

還以為他的營養都花到臉上去了，沒想到這麼聰明。

既然這樣，她就更想不通他們錄取她的理由了，難道是被她的個人魅力折服了？

沉默了一陣，黎顏又主動找起話題來，「莫天王最近在拍什麼戲啊？」

這聲稱呼讓莫榛覺得不悅，為什麼不能再叫得親暱一點？不過他還是答道：

「鬼片。」

鬼片！

黎顏徹底在座位上愣住。

爸爸媽媽，我想回家！

第四十五章

片場

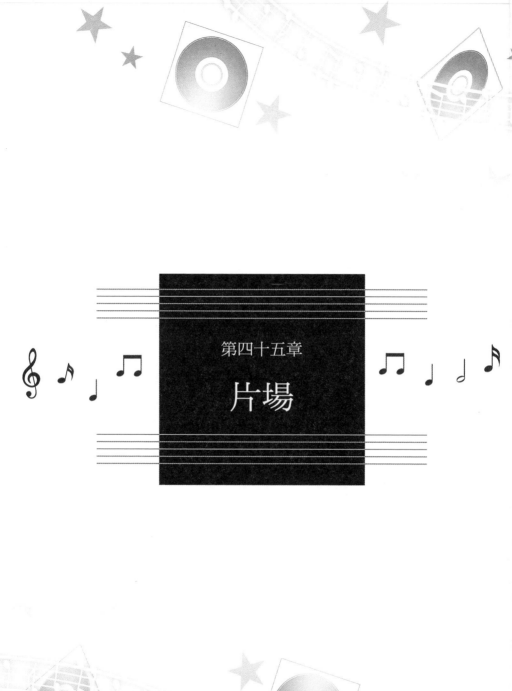

從以前就流傳著一種說法，學校大多都修建在墳地上，因為學校裡的學生的陽氣較重，能夠壓制住鬼魂。

《鬼校》講述的就是類似的故事。

男主角是一位新到任的老師。從上任第一天起，身邊就接二連三地發生各種離奇怪事，欲言又止的同事，行跡可疑的學生，還有校園裡流傳的怪談。

聽說每屆的一年三班，都會有一名叫瞳瞳的女學生，凡是和她對視過的人，都會死於非命。

黎顏一把甩開手裡的劇本，側頭看了看身旁閉目養神的人，「所以你演的就是倒楣的一年三班導師？」

「嗯。」莫榛仍是閉著眼睛，淡淡地應了一聲。

黎顏有種欲哭無淚的感覺，想她從小到大，雖然仗著力氣大欺負了不少人，但她最怕的就是鬼啊！什麼貞子花子，她一部也沒看過啊！

一直沒什麼表情的莫榛突然動了動眉頭，睜開眼看向面色凝重的黎顏，眉梢揚了揚，「妳該不會……怕鬼吧？」

「怎麼可能！」黎顏一副被侮辱的樣子，「不管是山村老屍還是碟仙筆仙，我通通看過！」看過內容簡介！

「哦。」莫榛似笑非笑地點了點頭，又靠在椅背上假寐。

一隻鬼竟然怕鬼？還有比這更可笑的事嗎？莫榛的嘴角忍不住上揚，不如改天請她看鬼片好了，客廳裡的音響價格不菲，放出來的效果絕對直逼電影院。

不知道身旁人壞心的想法，黎顏的目光又落在被自己仍在一旁的劇本上。

隨意攤開的劇本，就像瞳瞳子要從裡面爬出來一樣，嚇得她整個人一抖，「莫天王，聽說劇組拍鬼片時經常會遇到靈異事件，你不怕嗎？」這種時候安靜的氣氛實在是太恐怖了，必須找個人說說話！

莫榛懶洋洋地睜開一隻眼，瞟了一眼臉色慘白的黎顏，「不怕。」說完，他慢慢靠近黎顏，刻意壓低聲音道，「不瞞妳說，其實我從小就有陰陽眼，能看見很多常人看不見的東西，比如……」他的目光停留在黎顏身後。

「啊！」黎顏一把推開他，衝下車，「我去看看導演他們準備好了沒有！」

看著黎顏落荒而逃的背影，莫榛臉上的笑意止也止不住。

「實在是太壞心了！你是小學生嗎？」飄飄的身影突然出現在車裡，不滿地看著莫榛，「說好的腹黑邪佞呢？說好的欲擒故縱呢？你怎麼這麼快就破功了！」

莫榛不以為意地撇了撇嘴角，無視飄飄的話，繼續在車上休息。黎顏剛才的樣子實在是讓他忍不住想逗一逗，可是逗完了又有點後悔。他想在她心目中的形象是男神，而不是男神經病。

黎顏在車外曬了一會兒太陽，等到身體被曬得暖烘烘後，才走回莫榛的車裡。

「姐姐。」一個女生的聲音突然在身後響起，嚇得黎顏頓住了腳步。

姐姐？在這鬼氣森森的學校，突然冒出來一個叫自己姐姐的女生，她……到底該不該回頭？

這真是一道世界級的難題。

「姐姐，妳是莫天王的助理吧？」女生的聲音從後面靠近，一個拐彎，站在了黎顏面前。

一頭烏黑柔順的長髮，一雙清澈含笑的眼睛，配上一套整齊乾淨的學生制服。

黎顏張了張嘴，又張了張嘴，終於發出聲音：「瞳……瞳……子？」

女生捂著嘴笑了兩聲，「我叫溫曉曉，在劇裡確實是飾演瞳瞳。」

溫曉曉雖然很年輕，但名氣可不小。雖然黎顏不認識她，但是能跟莫榛演對手戲的人，絕非一般女演員。

今年剛滿十五歲的溫曉曉，剛從母親肚子裡出來三個月，就演了人生中的第一部電影。之後在父母的刻意栽培下，三歲開始走紅全國。

國內也不是沒有出過紅極一時的童星，但大多都只是曇花一現，長大後不再可愛，就淡出了娛樂圈。

溫曉曉絕對是他們中最成功的一個。

這麼多年來，不僅長得更漂亮了，再加上前期積累的演技和人脈，如今能以十五歲年齡紅透半個演藝圈，並非不可思議之事。

「姐姐，我聽說莫天王的胃不好，所以熬了點養胃的湯，妳能幫我拿給他嗎？」

溫曉曉說得自然，黎顏這才發現她手裡確實拿著一盅湯。

無事獻殷勤，非奸即盜！

不過看著她清澈無辜的眼神，黎顏又覺得自己想多了，何必跟一個十五歲的小孩計較呢？說不定人家只是帶著崇拜和尊敬的態度對待前輩啊。

「好。」她接過溫曉曉手裡的湯，頭也不回地走了。

邊走還邊聽到溫曉曉甜膩的聲音，「謝謝妳，姐姐！」

看著黎顏上了莫榛的車，溫曉曉臉上的笑容終於消失殆盡。這個看起來傻傻的女人，憑什麼可以成為莫榛哥哥的助理？莫榛哥哥是大家的！

走回自己的休息區時，溫曉曉的臉色依然陰沉得可怕。旁邊的助理看見了，忍不住皺了皺眉，「曉曉，都跟妳說幾次了，在外面要保持微笑。」

溫曉曉咧開嘴，敷衍地笑了笑，「這樣可以嗎？」

雖然能夠成為明星很棒，但她最珍貴的童年全都拿來拍戲拍廣告了，人家忙著跟家人出去玩，她則是忙著拍戲。

光想到這裡，她就覺得恨透了家人，也不再帶著笑容。

黎顏端著那碗湯，在莫榛的身邊坐下，「莫天王，剛才一個叫溫曉曉的給你的。」

莫榛看了一眼，是冬瓜排骨玉米湯，還冒著熱氣。蓋上蓋子，他把湯放到一旁，「別人隨便給的東西妳也敢拿？妳不怕她在裡面亂放東西？」

黎顏驚訝地眨了眨眼，「會嗎？」她以為這種禽獸不如的事只有她做得出來。

「會。」莫榛十分肯定地點了點頭，「妳想喝湯我們回去熬。」

「……」她沒有想喝湯啊！不過她喜歡那句「我們回去熬」。

「我會熬白粥，也是養胃的！」抓住機會，黎顏趕緊毛遂自薦。

莫榛抽了抽嘴角，嗯，他知道，妖孽白粥系列嘛。

全程在旁邊圍觀的飄飄痛苦地捂著額頭，莫天王已經在腹黑邪佞的道路上越跑越偏了！

欲擒故縱，失敗。

莫榛則是看著那盅湯微微皺起了眉。每次拍戲，總是會有想跟他獻殷勤的人，區別只在於有的人只是想想，而有的人真的做了。

溫曉曉顯然屬於後者。她敢這麼明目張膽地在劇組討好他，歸根結柢還是仗著自己年紀小。小孩子做錯事，總是能以不懂事為理由被周圍的人原諒。

不懂事？莫榛嘲弄地勾了勾嘴角，別看溫曉曉只有十五歲，她在演藝圈待了這麼多年，早就擁有相當成熟的心思了。雖然她的經紀公司為她塑造的一直是單純小女孩的形象，但會相信的，恐怕只有粉絲了。

兩人在車裡坐了沒多久，電影便開始了拍攝。

穿西裝戴眼鏡的莫榛，還真有幾分為人師表的樣子。只是這麼帥的老師，恐怕不利於班級發展。

《鬼校》的拍攝地選在一所廢棄學校，經過劇組的重新布景，又找了大量的群眾演員，真的還原出了一個人聲鼎沸的學校來。劇中演員除了莫榛和溫曉曉，配角也都是當紅的影視明星。

製片方下了血本請來如此豪華的演員陣容，也算是和《鬼校》原著小說的超高人氣相得益彰。

《鬼校》的作者是國內知名作家，曾有多部作品被改編成電影和電視劇，而《鬼校》無疑是人氣最高的一部。他的風格以詭譎懸疑著稱，因為大多都是恐怖小說，所以黎顏一本也沒看過。

倒是在陳清揚的ＦＢ裡見過好幾次這個人的名字，用陳清揚的話來說，他就是小說界的莫天王。

小說界的莫天王？這個頭銜倒是滿有趣的。

黎顏站在一旁看著莫榛拍戲，現場的拍攝遠沒有她想像中恐怖，一個上午她都興致勃勃地盯著莫榛看，休息時就殷勤地遞水遞毛巾。

轉眼間到了吃午飯時間，黎顏開心地拿著兩個便當，朝休息區走去。

劇組的伙食很好，甚至還有雞腿。黎顏喜笑顏開地啃著雞腿，果然跟著莫天王有肉吃。

莫榛側頭看了她一眼，她似乎對雞腿特別執著。

剛解決掉自己便當裡的雞腿，黎顏連飽嗝都沒來得及打一個，就見莫榛把自己碗裡的雞腿也夾給了她。

她受寵若驚地抬頭看著莫榛，「你不吃嗎？」

「我不喜歡吃雞腿。」莫榛回過頭，夾起幾片小白菜吃了起來。

劇組有幸目睹這一幕的工作人員集體沉默了，他們兩個，到底誰是誰的助理啊？

黎顏盯著莫榛看了幾秒，得出結論——莫天王心軟嘴硬！真是傲嬌得可愛啊！

她一邊悶笑出聲，一邊掏出手機發了條狀態：「工作第一天，老闆人超好超溫柔，最重要的是超帥！」

莫榛在旁邊看見她發了文，也不動聲色地拿出手機，看見貼文內容後，他的心裡簡直開滿了小花。

他登上吃梨子的帳號，第一時間回復了這條FB：「像妳這麼誠實的員工，就應該加薪。:)」

陳清揚一邊吃著桌上的泡麵，一邊逛著網頁。

黎顏的這條狀態突然跳出來，看得她嘴角一陣抽搐。還有那個叫吃梨子的，跟她有什麼關係？

陳清揚吸了一口麵條，啪啪啪地輸入著：「沒圖沒真相。」

黎顏啃完了雞腿，剛好看見這兩條回覆，姑且不管那位吃梨子，反駁陳清揚才是正事。

她搜尋了一張莫榛的圖片，貼上了FB，還配上三個字——接上則訊息。

「……」陳清揚心想，大力真是越來越幽默了呢！

第四十六章

夢想

黎顏第五次從瞌睡中驚醒時，手機螢幕上的阿拉伯數字終於變成了15：00。

有睡午覺的習慣實在太糟糕，特別是在不允許有這種習慣的工作環境下。

黎顏拍了拍自己的臉頰醒神，告誡自己明天不能再睡了！

「明天帶個抱枕來吧，睡起來舒服點。」導演剛喊了卡，莫榛走回休息區就見黎顏睡眼惺忪的樣子，就像一隻還沒睡醒的小貓。

「……」一桶冰水從天而降，澆熄了黎顏的鬥志。

莫榛絕對是她奮發向上道路中最大的敵人！

不過……

「真的可以睡覺嗎？」她看別人的助理都忙得不得了，莫榛也算是這裡最有名的明星吧，他的助理在片場呼呼大睡，真的沒問題嗎？

她已經能看見論壇上的粉絲們對她的口誅筆伐了。

「沒關係，反正妳也幫不上什麼忙。」

「……」明天再睡她就是小狗！老闆這招欲擒故縱用得真是太好了！

莫榛並不知道自己的好意被人曲解了，他拿起桌上的礦泉水，喝了一口。教室裡的「學生」嘰嘰喳喳的，吵得他有點頭痛。

這些學生一部分是網路上找來的群眾演員，鏡頭多一點的都是簽約的新藝人。

看著他們，莫榛總會想起自己剛出道的那一年。

想將全世界踩在腳下，登上最高的舞臺，讓所有人都矚目自己。

不僅凱皇，幾乎每個經紀公司每年都會簽幾個這樣的藝人，並把他當做成功的典範，像是教科書一樣一板一眼地規劃他們的星途。

只是莫榛的成功不是那麼容易複製的。

並不是每個人都擁有他那樣的天賦和外貌，即使是在他被媒體戲稱為「最精緻的花瓶」的那幾年，他也從來沒有懷疑過自己的實力。因為他一直認為，在娛樂圈這一行，外貌也是實力的一種。

不過現在的小孩子已經和他當年不同了，他當時能紅起來，全憑自己的實力，而他們更多想借助的，是一些外力。

比如現在，就算莫榛不仔細聽也知道，他們嘰嘰喳喳的內容全跟自己有關。能夠進《鬼校》劇組的，要不就是有些手段，要不就是公司準備力捧。所有人都知道，以原著小說的超高人氣再加上莫榛和溫曉曉主演，哪怕他們只是在這部電影裡飾演一個小配角，也能瞬間提高知名度。

這是捷徑。

「想什麼呢？」黎顏站在莫榛身旁，見他喝了口水就盯著教室裡的學生發呆，忍不住拿手在他眼前晃了晃。

黎顏的手很漂亮，從窗戶照進來的陽光透過她的指縫，映在莫榛臉上。他看著眼前那隻柔嫩白皙的小手，終是忍住了一把握住它的衝動。

「沒什麼，只是想起了自己十五、六歲的時候。」

黎顏聽他這麼說，也有些感觸地看了一眼教室裡的學生，看起來和她當年沒什麼不同，但她知道，他們一點都不同。

「我讀高一的時候還在玩泥巴，他們已經奮鬥在人生的大道上了，真是令人敬佩！」她說完，又特別真誠地看了莫榛一眼，「你也一樣！」

莫榛忍不住低笑兩聲，「高一還在玩泥巴的妳也同樣值得敬佩。」

「過獎過獎。」黎顏傻呼呼地笑了笑。

莫榛淡笑著抿了抿唇，沒再說話。和她在一起，哪怕什麼都不做，也覺得有股暖流在身上流淌，整顆心都暖暖的。

「你為什麼想拍鬼片啊？」這個問題從她聽說莫榛在拍鬼片的時候就產生了。

莫榛從影這麼多年，但演的角色要麼高貴冷豔，要麼溫文儒雅，要麼威風凜凜，鬼片……總會有一些讓演員崩壞的鏡頭，而且觀眾往往都陷入了恐怖的氣氛中，從而忽視了演員本身的表演。

至少她從沒聽過有人是靠鬼片拿了影帝的。

黎顏不知道，她問的這些問題早就超過了一個助理可以干涉的範圍，不過因為是她，所以莫榛不介意。

他吸了口氣，目光落在窗外幾枝正冒出嫩芽的樹枝上，「妳知道，雖然我已經拿過兩次影帝了，但都是因為高森。」

他想要一些突破，至少……

「我想讓大家知道，我能演的不止是高森。」

那一瞬間，黎顏覺得他的眼裡彷彿有煙火綻開，絢爛得耀眼。

「那真是糟糕。」黎顏嘆了口氣，惋惜地看著他，「你今年可能又要因為高森拿一個影帝了。」

「……」莫榛看著她，忍不住笑了起來。

低沉悅耳的笑聲竟是奇跡般地讓教室裡吵鬧不停的學生安靜下來，連坐在另一邊的溫曉曉也看了過來。

皺了皺眉，溫曉曉心裡的冷笑快要從心底冒上嘴角，那個姐姐還真是有點本事啊。

莫榛笑夠了，終於停了下來，只是嘴角還帶著來不及散去的笑意，「妳呢？有沒有什麼將來的夢想之類的？」

莫榛看著她，眼睛就像灑滿星輝的夜空，美好得如童話故事一般，輕易就能讓人心醉。

「我？」黎顏扳了扳手指，「我小時候寫作文，寫著自己想當科學家，其實我只想當賣豆花的，因為這樣我就可以每天吃到豆花了。」

莫榛沉默了一瞬，才道：「夢想不能定得太高太遠，這種符合實際的很好。」

「真的嗎？」

「真的。」

看著莫榛真誠的表情，黎顏發自內心地忠告道：「你千萬不要這樣教育自己的學生，家長會來找你拚命的。」

「……」兩人閒扯完，導演正好宣布繼續拍攝。

黎顏看著瞬間又化身成老師的莫榛，思緒卻有些飄遠了。將來的夢想？她還真的沒想過。

從小到大她都按照家裡期望，升高中，考大學，她走的是一條最常見的路。如果硬要說夢想，大學畢業後找份好工作算不算？

她突然覺得自己的人生有點乏味，不管是莫榛，還是同寢室的三個室友，他們都有想追求的東西，唯獨只有她，一直過得……沒什麼夢想。

看著在鏡頭下連頭髮絲都閃閃發光的莫榛，一個新的目標排入了黎顏的人生計劃中。

找到自己的夢想！

「今天老闆和我談了一下人生，我覺得自己受益匪淺。」

陳清揚看著這條黎顏半個小時前發的貼文，嘴角抽搐得比中午還厲害。保持這種抽搐的頻率，陳清揚劈里啪啦地敲出了一行字：「妳過來，我也想和妳談談人生。」

黎顏看見陳清揚的回覆時，劇組已經收工了。窗外天色暗暗的，莫榛載著黎顏，下意識地往自己家裡開去。

「啊，下個路口停車就可以了，我可以自己搭車回去。」

莫榛愣了愣，才有些悶悶地應了聲。

黎顏不是阿遙，她有自己的家要回。為什麼在面試時，唐強不說這份工作是需要二十四小時跟著他的呢？

跑車靠邊停下，莫榛看了看天色，又看了看黎顏，「已經不早了，妳一個女孩子回去不安全。」

黎顏笑了兩聲，看起來還有點驕傲，「放心吧！你忘了我練過武術嗎？」

她就算練過九陰真經他也不放心啊。

應該說……他不想放心。

「還是我送妳回去吧。」重新發動車子，莫榛說著就準備把車開走。

黎顏一聽就醉了，到底是誰給誰當助理啊！

趕緊攔住莫榛，黎顏飛快地解開了腰上的安全帶，「真的不用麻煩了，我可以自己回去的，你拍了一天戲，回去早點休息吧。對了，記得吃晚餐喔！」

說完她就下了車，莫榛只好退而求其次，「那妳到家後傳個簡訊給我。」

「好。」黎顏一口應承下來，然後又面露難色，「可是我好像沒有你的電話號碼……」

莫榛愣了一下，才發現他竟然把這件事忘了。伸出右手，他總算在今天腹黑邪佞了一回，「把手機給我。」

黎顏乖乖掏出手機，放到他攤開的手心上。

拿起手機輸入一長串數字，自己身上的手機便響了起來。掛斷電話，莫榛將手機還給了黎顏，「好了，到家後給我個簡訊。」

黎顏捧著手裡的電話，就像捧著一個沉甸甸的金元寶，莫天王的電話號碼，竟然這麼輕易就到手了？

老天爺果然在關上一扇門的同時，沒忘記幫我開一扇窗！感謝您！

看著黎顏上了計程車，莫榛記下了車牌，才把跑車從路邊開走。

飄飄咻一聲出現在旁邊，紅光滿面地看著他，「莫天王這麼擔心小貓咪啊？也是，小貓咪那麼可愛，很容易碰上壞人的。」

莫榛瞪視過去，飄飄趕緊飄出了車子，「我去幫你送小貓咪回家～」

看著飄飄一直跟在計程車後面，莫榛才放心地回家了。

回到肯斯尼莊園時，已經過了八點。家門口停著一輛轎車，莫榛把車開得近了才看清，那是向雲澤的車。

心裡有些驚訝，向雲澤上次來這裡，已經是三年前的事情了，而且他要來，怎麼沒提前說一聲？

「莫天王，你終於回來了。」向雲澤從車裡下來，看著從夜色中走來的莫榛，揚了揚嘴角。

第四十七章

奇跡

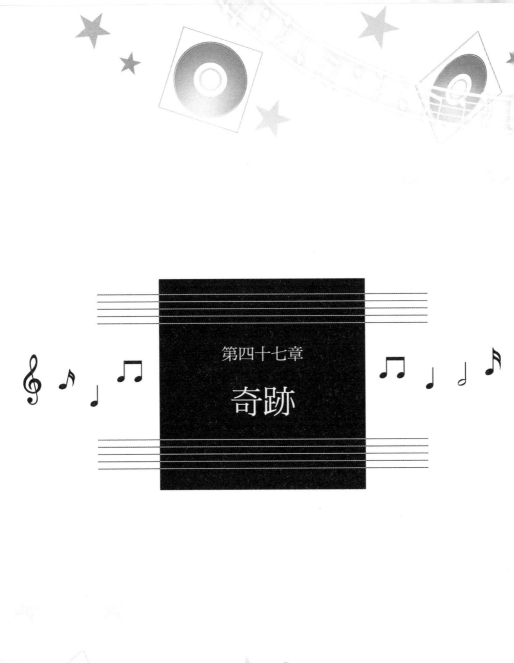

不知是不是莫榛的錯覺，他總覺得今天的向雲澤和平時不太一樣。頭頂的月光灑落在兩人之間，就像一條銀河隔開了牛郎織女。

牛郎織女？莫榛的嘴角抽了抽，一定是因為今天太累了，所以才會用這麼恐怖的比喻。

「你什麼時候來的？」莫榛走到門前，一邊開門，一邊對身後的人問。

「來一陣子了。」

「為什麼不打電話給我？」

「打電話給你，你就會不顧一切地來見我嗎？」

「……不會。」咔嚓一聲，門應聲而開。

「那我為什麼還要打電話給你？」向雲澤脫掉鞋子，跟在莫榛身後進屋。

雖然已經三年多沒來過這裡了，可是屋裡一點變化都沒有，就連電視機上的擺設都沒有改變。

但總覺得多了點什麼。

直到他看見擺在桌上的仙人掌後，才知道是多了什麼。

人情味。這裡比以前看起來更像一個家了。

「你什麼時候養的仙人掌？記得之前擺的是假仙人掌。」以前這裡也擺著一盆仙人掌，因為是他親自挑選的，所以記得很清楚。只是他明明記得，那是一盆假的仙人掌，什麼時候變成真的了？難道它自己修煉成精了？

莫榛的眼神隨著向雲澤的動作看去，那是阿遙嚷嚷著要買的仙人掌，她說可以防輻射。

一隻鬼究竟要防什麼輻射？可是他隔天還是去買了一盆仙人掌回來，唯一的條件就是阿遙自己負責養。

四個多月過去，他沒替這盆仙人掌澆過水，沒想到它還好好地活著。

「哦，不是可以防輻射嗎？就買了一盆擺著。」

莫榛隨口敷衍著，向雲澤看了他一眼，眼神有些不可思議，「你竟然把它養活了？」

「……」莫榛無語，之前那隻貓他也養活了好嗎！

「莫榛，你變了。」向雲澤看著他，似乎想從他眼中讀出點什麼。

莫榛垂了垂眸，濃密的睫毛掩去了他眼裡的情緒。

他知道自己變了，在遇到阿遙以後，似乎一切都脫離了他的控制。

「你認識黎顏嗎？」

你認識黎顏嗎？這不像是個問題，更像是一把利劍，突然就砍向了自己。

莫榛的嘴角動了動，他沒想過要瞞向雲澤一輩子，只是現在這種情況，他顯得太過被動。

「認識，她是我的助理。」莫榛抬頭對上了好友沒什麼表情的臉。

他看起來不怎麼吃驚，甚至可以說是冷靜。冷靜得過頭。

本以為自己拋出了這個重磅炸彈，就可以在這場突如其來的對峙中反客為主，沒想到始終是向雲澤棋高一著。

「上次我在醫院看到你了，你是去看黎顏的吧？」

莫榛這次是真的傻了，他萬萬沒想到那天會被看見。下意識地抿了抿唇，他覺得必須得說點什麼。

「我……」

一個字還沒說完全，向雲澤飛起的一拳已經落在了他下巴上。

力道很大，絕對沒有手下留情。莫榛因為這股衝力順勢倒在身後的沙發上，還未抬頭，一片濃重的陰影已經籠罩在自己頭頂，「抱歉，我知道這件事不該怪你，但我還是忍不住想揍你。」

向雲澤話音未落，一拳又揮了過去。

不過這次莫榛躲開了。他用手背抹去嘴角滲出的一條血絲，「正好，我也滿想揍你的。」

向雲澤哼笑一聲，回過身來，鬆了鬆脖子上的領帶，「你好像從來沒有打贏過我。」

莫榛捏了捏拳頭，微笑地看著他，「今天剛好幫你更新一下記憶。」

記不清多久沒有這麼恣意地打過架了，印象中國中畢業後，連放肆的奔跑都很少有了，更別說這麼痛快地打架。

沒錯，只是互毆，沒有任何格鬥技巧，簡單到粗暴。

可是每一拳都像是把心中壓抑已久的情緒揮舞出來一樣，酣暢淋漓。

十分鐘後，兩人衣衫不整地喘著粗氣，各坐在沙發一方。

這個畫面還真是容易讓人產生臉紅心跳的錯誤聯想。

手機震動了一下，莫榛一邊喘氣，一邊拿起掉落在一旁的手機。

「我到家啦，老闆記得吃飯喔～」

嘴角忍不住揚起，牽動了傷口，莫榛痛呼一聲，用和內心的澎湃截然相反的態度回了一個字：「嗯。」

頓時覺得自己簡直腹黑邪佞到不行了——如果忽略對面那個似笑非笑地盯著自己的傢伙。

「這幾年沒白混啊，至少力氣比以前大多了。」向雲澤整個人都陷在沙發裡，胸膛劇烈起伏著。

莫榛拿起桌上的紙巾擦了擦嘴角，這個混蛋真是專往他的臉打啊！

「向博士，我可是靠臉吃飯的人，毀容的話你要負責。」

向雲澤悶笑著從沙發裡坐起，也抽出一張紙巾擦拭著嘴角，「明天我頂著這張臉去上課，說不定會被學校開除。」

兩人同時抬起頭，目光在半空中相撞，看著對方狼狽的樣子，不約而同地大笑起來。

大幹一架後放肆地大笑，上一次似乎還是在小學二年級的時候。那天他們身上掛的彩絕對比今天多得多，可是這之後吃的那根冰棒，也是這輩子吃過最美味的冰棒。

似乎是笑夠了，向雲澤停下來看著莫榛，表情有些戲謔，「你明知道我喜歡她，還讓她當你助理？」

莫榛抬頭，不避不讓地看著他，「是她自己跑到凱皇來面試的，而且聽說她已經拒絕你了。」

還是你親口說的。

向雲澤壓下再揍他一頓的衝動，警告道：「顏顏身體才剛復原，你不要把一些雜七雜八的事情給她做。」

「放心吧，我會好好照顧她的。」

這句話讓向雲澤的不爽程度又上升了幾層，這句話就像在宣告主權一樣。

「你們究竟是怎麼認識的？」皺了皺眉，向雲澤終於問出了最在意的問題。

只有這個問題，他無論如何都想不通。

黎顏畢業以前，是絕對不認識莫榛的，畢業那天從樓梯上摔了下來，陷入昏迷，也沒有機會認識莫榛。可是突然的，莫榛就出現在黎顏的病房外，更突然的，是黎顏成了他的助理。

莫榛將手裡的紙巾揉成一團，扔進一旁的垃圾桶裡。頭頂上的大吊燈散發著暖黃色的光，輕飄飄地落在他身上，像是染上了一層柔和的光暈。

向雲澤想，這個人果然還是長得太好看了一點。

看著好友，莫榛微微揚了揚下巴，嘴角掛著一抹濃得化不開的笑。

「這是一個奇跡。」

直到向雲澤離開了肯斯尼莊園，莫榛的笑容還在腦中揮之不去。

他們的相遇是個奇跡，這是故意說給他聽的嗎？

突然覺得剛才自己下手還是太輕了。

莫榛一邊擦拭著嘴角的血痕，一邊收拾著殘局。雖然客廳是弄得亂了點，但好險沒有打壞任何東西。

奇跡？想到剛才向雲澤聽到這兩個字時的表情，莫榛還是忍不住想笑。他收拾好客廳，打算上樓洗個澡然後直接睡覺。

「記得吃飯喔～」

黎顏的這句叮囑突然迴盪在耳邊，莫榛的動作頓了頓，然後剝開了手裡的雞蛋，吃了下去。

向雲澤的車在江家老宅子裡停了下來。

道館的練習早已結束，但道場裡還是亮著燈。向雲澤朝著亮起的地方走了過去，空曠的道館內只坐著江老爺子一個人。

他似乎特別喜歡在這裡喝茶。

「晚上喝茶不益於睡眠。」向雲澤走到江老爺子面前，打量了幾眼矮桌上擺放的茶具——都是些有年歲的東西，看起來就像是哪個朝代的古董。

對於向雲澤這個不速之客，江老爺子似乎並不意外，他指了指對面的空位，示意向雲澤坐下。

「跟人打架了？」

向雲澤下意識地摸了摸自己的嘴角，否認道：「沒，只是切磋了一下。」

江老爺子笑了一聲沒再說話，反而是向雲澤主動道：「江爺爺，顏顏在我朋友那裡工作，你放心吧，他會照顧顏顏的。」

江老爺子煮好了一壺茶，涮了涮茶杯，才開口問：「跟你切磋的那個朋友？」

「嗯。」不自然地點了點頭，他總覺得在江爺爺面前，似乎沒有祕密可言。

「我知道了。」往茶杯裡倒了大半杯茶，江老爺子端起茶杯抿了一口，才問道，「那你呢？」

那我呢？向雲澤笑了笑，有些事情，他終於可以放下了，也……不得不放下了。

「我可能會回美國吧。」

他自己都不知道，說出這句話時多像一個喪家之犬。

江老爺子抬眸看了他一眼，沒有說話。

從道館裡出來，向雲澤比去找莫榛之前還要煩躁。剛才江爺爺看他的眼神，讓他渾身上下都不舒服，哪怕再多待一秒，他都覺得是煎熬。

拿出手機，想找人傾訴一番，卻發現唯一能傾訴的對象，剛剛跟自己打了一架。

在連絡人上不斷地過濾著名字，向雲澤的目光最後在「清揚」上停了下來。

陳清揚……其實人不錯。

「顏顏跟別的野男人跑了，我準備回美國了。」打好這條訊息，向雲澤按下了發送。

沒過多久，陳清揚的回信來了。

「美國，真是懦夫的天堂。」

向雲澤一愣，沒想到她會是這種反應。

盯著這條簡訊足足看了三分鐘，他終於笑了出來。要是讓她知道黎顏是跟哪個野男人跑了，她大概會哭著和自己一起去美國吧？

第四十八章

悸動

「向公子說你跟野男人跑了，是真的嗎？:)」

黎顏愁眉不展地盯著這條資訊，這已經是陳清揚十分鐘前傳來的了，可是她還沒有想好怎麼回。

秀氣的眉抖動了兩下，她覺得還是要反駁一下陳清揚。

「老闆他不是野男人！」

「……」看到簡訊的陳清揚想著，重點是這裡嗎……

「OK，請列舉三個老闆不是野男人的證據。」

「老闆有正當工作，還是高收入群，有房有車有節操！」

「所以你就是貪圖他的錢財？」

「不，我純粹是貪圖他的美色。:)」

「喂，妳中他的美人計了！」

「沒關係，我最擅長的就是將計就計。:)」

陳清揚愣愣地看著簡訊兩秒，僵硬了兩秒，才回覆道：「妳是金牛座對吧？」

「對啊，生日禮物準備好了嗎？」

「我決定趁著今晚月黑風高，把所有金牛座的人封鎖。對了，向公子說他要回美國了。」

黎顏還在擔心自己的生日禮物會不會泡湯，看到後面幾句，她瞪大了眼，雲澤哥哥要回美國了？

拿著手機猶豫了一陣，她還是撥給了向雲澤。

電話很快被接起，向雲澤熟悉的聲音從聽筒裡傳來：「顏顏，什麼事？」

「我聽清揚說你要回美國了，真的嗎？」

向雲澤沉默了一陣，才問道：「妳希望我回去嗎？」他的聲音低沉又有磁性，像是有蠱惑人心的魅力。

黎顏拿起手邊的歌詞本翻了兩下，答道：「我不希望你是因為我才回去的。」

向雲澤愣了那麼一瞬，隨即笑了起來。這個小姑娘，真的長大了。

「放心吧，我不回去了。」

「不回去了？」黎顏眨了眨眼，在幾句話間，總覺得自己好像悟到了什麼，「跟清揚有關嗎？」

「比起這個，今天第一天上班感覺怎麼樣？」巧妙地轉移了一個話題，向雲澤知道如果不是陳清揚的一句「美國是懦夫的天堂」，他說不定就真的回去了。逃回去的。

「嗯，還不錯，老闆人很好。」黎顏下意識跟著他的思路走了。

聽到黎顏對莫榛的評價，向雲澤笑了一聲，道：「那就好。妳工作一天也累了，早點休息吧。」

「好。」掛斷電話，黎顏看了看時間，已經十點了。爬上柔軟的大床，頭一碰上枕頭，就睡了過去。

助理這份工作，真是耗費體力啊。

劇組早上八點開始拍攝，黎顏需要在六點時打給莫榛——這是唐強特別交代的工作。

鬧鐘在五點五十分時響了起來，黎顏一巴掌按倒桌上鬧鐘，靠著意志力坐了起來。

磨磨蹭蹭地洗了個臉，黎顏返回臥室，拿出手機撥了電話。

「早安，莫天王！」

電話那頭的人似乎愣了愣，或者是還沒睡醒，過了好一陣子才答道：「早。」

黎顏喜孜孜地笑了笑，一早聽到這麼好聽的聲音，睡不飽的煩悶全拋在了腦後，「莫天王，我是先去找你，還是直接去片場？」

「直接去片場吧。」

「需要我替你準備早餐嗎？」

「嗯。」

「你想吃什麼？」

妳。

莫榛揉了揉頭頂的亂髮，隨口答道：「隨便吧。」

「那我吃什麼就你就吃什麼嗎？」

「嗯。」

掛斷電話，莫榛聽著嘟嘟聲，有些自暴自棄地往後一仰，重重地躺在床上。

果然是春天到了。

莫榛比黎顏早到片場，雖然公司幫黎顏配了車，但是她也不敢開，每次都還是搭計程車去片場。

想到這裡，她也覺得鬱悶。看來得趁休假時趕緊練習，不然每次都讓莫榛開車，她這個助理就太沒用了。

而且被唐強知道的話，她說不定會被開除。

「……妳的早餐挺豐盛的。」莫榛看著面前的食物，有火腿、三明治、小蛋糕，連果汁和牛奶都有。

今天起得比以往早，黎顏本來以為媽媽還在睡覺，沒想到走到客廳裡，發現她已經在弄早餐了，而且份量還出奇的多。

她就直接打包到片場來了。

「這是兩人份，我不知道你早餐吃得多不多，所以多拿了一點。」黎顏放下早餐，目光在落到莫榛臉上時頓住了，「你的臉怎麼了？」怎麼嘴角好像有瘀青？

「咳，沒什麼。」莫榛下意識地用手擋了擋自己的嘴角，看來待會兒還得讓化妝師再給自己補補妝了。

黎顏皺著眉頭拿起一個小蛋糕，眼睛還是盯著莫榛的嘴角看：「你是不是跟別人打架了？」

「當然不是。」莫榛下意識地摸了一下鼻尖，趕緊轉移話題，「早餐在哪裡買的？看起來味道不錯。」

「都是我媽媽做的。」黎顏怕趕不及來片場，連早飯都沒敢在家裡吃，直接打包帶來了片場，沒想到還是比莫榛晚來了一步。莫榛聽她這麼說，眼珠微微一動，似乎想到了什麼，「妳昨天第一天上班，家裡人有沒有說什麼？」

「唔……也沒什麼，就是覺得我回去得太晚了，然後走得又太早。」黎顏解決掉一個小蛋糕，又拿起了一根火腿，「你快吃吧，不然待會都被我吃完了。」

「哦。」話題順利被引開，莫榛順手拿起一罐牛奶喝了起來。

助理這工作早出晚歸的，也難怪她家裡人有意見，而且她每天這樣跑也確實不方便……

他抬眸看了一眼對面正在啃三明治的人，嘴角輕輕揚了揚。

今天的拍攝很順利，但是黎顏得到了一個噩耗，晚上可能要通宵拍攝。通宵就意味著，她今晚不能回家了。

苦思著該以什麼藉口一夜不歸，黎顏覺得這個工作還真是糟透了。傍晚時才得知劇組只準備了一餐，晚上那餐大家要自己解決。導演不好意思地跟眾人解釋，因為拍攝進度太趕，就把這件事忘了。

黎顏便乖乖地拿著莫榛給的錢出去買晚餐了。

話說回來，老闆還真是大方，只是買晚餐而已，就給了她一張金融 VISA 卡。

路過一臺提款機時，她忍不住去試了試密碼。

輸入莫榛的出生年月日當密碼，黎顏看著螢幕上顯示的餘額，傻愣愣地從提款機旁飄了出來。

回到片場，她還沒有從這個衝擊裡回過神。

莫榛看著明顯在神遊的某人，拿筷子戳了戳她，「怎麼了？」

黎顏放下手中的晚飯，認真嚴肅地看著自家老闆，「老闆，用自己的生日當密碼實在是太危險了，你還是快點改掉吧。」

「嗯。」

「改了以後就不要告訴別人了，特別是我。」她真是太糟糕了，幹嘛沒事想去試試密碼呢？重點在於，那餘額真的多到不能讓人看到啊！

莫榛看著她水汪汪的大眼，心情莫名其妙地高興，「這張卡的錢已經是最少的了。」

「……」黎顏心想，炫富也不是這樣炫的啊！

吃完飯後繼續拍攝，黎顏一個人坐在休息區，完全不敢亂看，她生怕一亂瞄，就看見什麼不該看的東西。

溫曉曉不著痕跡地打量著她，這麼大一個人了，竟然怕成這個樣子？

呵呵，真有意思。她抿起了嘴角，對著鏡頭露出一個鬼氣森森的笑容。

「卡，今天先拍到這裡，大家回去休息，明天下午繼續。」

終於等到導演這一句話，黎顏就跟刑滿釋放的犯人一樣跳了起來。

依然是莫榛載著黎顏回家，只是今天拍得太晚了，他索性直接把車開回自家門口。

「這……」黎顏看著面前的豪宅，一臉無助。

才上班第二天就引狼入室，不對，就登堂入室了，自己真是太可怕了！

「馬上都要天亮了，下午還要繼續拍攝，妳來回跑太麻煩了，今天就在這裡休息吧。」莫榛盡量保持語氣鎮定，不讓自己感覺太像變態。

「哦。」黎顏點了點頭，覺得老闆說得有道理，便乖乖跟在他身後進了屋。

莫榛的房子定期有清潔公司來打掃，所以特別乾淨。他指了指左邊的一個房間，對黎顏道：「這裡是浴室，妳洗個澡就先睡吧。」

洗澡睡覺？黎顏看著眼前帥得人神共憤的老闆，吞了口口水。

像是明白黎顏在想什麼似的，莫榛輕笑了一聲，微微彎下腰，湊到她面前，「妳想在一樓睡，還是在二樓睡？」

「有、有什麼區別嗎？」

「我睡在二樓。」

黎顏鼻血狂噴，已死。

最後黎顏還是裹著被子在一樓的沙發上睡了過去，因為她沒撐到莫榛洗完澡，就睡死在沙發上了。

莫榛站在沙發前，一邊擦著頭髮，一邊看著睡死的少女——跟那晚他看見的阿遙簡直一模一樣。

不同的是，那晚他轉身回了臥室，而這一次，他真的如童話故事中記載的王子那般，彎腰，低頭。

一個輕柔的吻落在公主的額頭上。

第四十九章

姐妹

黎瀟手裡提著超市的袋子，從轉角走了出來，看著眼前的百步梯，下意識地皺了皺眉。

自從黎顏從這裡摔下去後，她都盡量不經過這裡，如果一定要經過，她也會選擇繞遠路。

只是今天天色不早了，如果不想走這個百步梯，就得從旁邊大馬路走下去。山邊難免有點陰森感，而且路燈又壞了好幾盞，萬一行經車輛沒看清楚，撞到她不就太可怕了嗎？

她看著在路燈下延伸的百步梯，握緊手裡的袋子，走了過去。

黎瀟和黎顏兩家關係很好，所以在買房子的時候，特意選了兩個離得比較近的社區。兩家人沒事就互相串串門子，有什麼事還能照應一下，黎瀟更是三天兩頭的就往黎顏家裡跑。

不過黎顏出了意外後，黎瀟已經很久沒去過她家了。

剛走下第一階，就見不遠處的階梯上站著一個女人，昏黃的路燈打在她身上，竟是讓她的背影看起來有些飄渺。

黎瀟下意識地停了下來，記得剛才看的時候，這裡還沒有人。不，這不是最重要的，重要的是，為什麼那個人的背影看起來那麼像黎顏？

她還記得，黎顏出事的那天晚上，也是穿著這樣一條藏青色的連身裙，及腰的黑髮，髮尾微捲。

黎瀟愣愣地盯著那個背影看了一分鐘，她就站在路燈下，一動不動。

「堂姐？」黎瀟上前一步，試著喚了一聲。

聽爸媽說黎顏找到工作了，是不是剛好下班回來？

路燈下的女人沒有反應，黎瀟又叫了她一聲，再下了幾階樓梯。氣氛有點詭異，要不是看這個女人的背影實在是太像黎顏，她一定會裝作沒看見，逕自走過去。

抬起右腳，黎瀟正準備一探究竟，只見女人突然往前一倒，從百步梯上滾了下了去。

黎瀟被嚇得不輕，手上一鬆，袋子啪一聲掉在階梯上。

顧不得東西灑了一地，黎瀟飛快地衝到百步梯前，從女人剛才站的位置往下看。

什麼也沒有。

剛才明明看見一個女人摔了下去，可是什麼也沒有。

「妳在找我？」一個女人的聲音冷不防地從身後傳來，陰森森的口氣讓黎瀟的心臟漏跳了一拍。

以往看過的恐怖電影都在這一刻浮現腦海，就像是自動剪輯了一部鬼片精華版。

她一邊喘著氣一邊回過頭，還是剛才的那個背影，只是這一次是浮在半空中。

「啊——！」心中的恐懼再也無法壓抑，黎瀟的腳一軟，直接從樓梯上滾了下去。

黎顏是被廚房裡的聲響吵醒的。

不情不願地睜開眼，就見一個高䠷的背影正在廚房裡忙著。

唔，光看背影就覺得身材不錯。

目光在男人的背上黏了一分鐘後，黎顏終於從沙發上坐起，看了看周圍的環境。

房子寬敞明亮，乾淨整潔，裝修豪華，很不熟悉的感覺。

很好，這裡不是自己家。

看了一眼裹在身上的薄被後，黎顏總算是想起昨天在莫榛家借住了一晚。

「還是我來做飯吧。」黎顏走到廚房，看了一眼鐵鍋，總覺得有一股莫名其妙的親切感。

莫榛回過頭，看了一眼黎顏亂糟糟的頭頂，淡定地轉過身去繼續切紅蘿蔔，「不用了，我馬上就做好了，妳先去刷牙洗臉吧。」

「哦，好吧。」黎顏看了一眼砧板上的紅蘿蔔丁，這刀工絕對比自己純熟，她還是不要丟人現眼了。

轉身朝浴室的方向走了兩步，黎顏又回過頭來看著莫榛，「你什麼時候起來的？」

「剛起來。」莫榛揭開鍋蓋，將紅蘿蔔全倒了進去。

要不是考慮到黎顏醒了會肚子餓，他絕對會選擇不吃午餐。這次熬的白粥，還是跟阿遙學的，名為妖孽白粥二號。

做法簡單，味道不賴，非常適合懶人食用。

看著自家老闆的背影，黎顏的愧疚感又席捲而來，而且這個背影的英俊程度直接影響到了她的愧疚指數。

她一定要趁休假的時候去把車練熟，這樣至少每天早上莫榛可以在車上多睡一會兒！

簡單洗漱了一下，黎顏剛從浴室裡走出，被自己扔在沙發上的手機就響了起來。

快步上前看了一眼，是媽媽打來的電話，「媽媽，什麼事啊？」

「顏顏，妳還在工作？」

「唔，正準備吃午餐，下午才開工，怎麼了？」

「瀟瀟她昨晚在妳摔倒的那個百步梯旁昏過去了，妳下午有空去看看她吧。」

黎瀟昏過去了？

黎顏急忙問道：「她現在怎麼樣？沒什麼事吧？」

「沒傷到哪裡，不過好像嚇壞了。」

「好，我知道了，我再找時間去看她。」

莫榛端著一大鍋白粥從廚房裡走出，就見到黎顏握著手機，一臉憂心忡忡的樣子。

「怎麼了？」放下手裡的東西，在她對面坐了下來。

「老闆，我下午可以請兩個小時的假嗎？我妹妹出了點事，我想去看看她。」

妹妹？記得黎顏是獨生女吧？啊，他好像是聽向雲澤說過她有一個堂妹，好像是叫黎瀟。

「她怎麼了？」莫榛一邊給兩個空碗盛上白粥，一邊狀若無意地問道。

「突然暈倒了，沒什麼大事。」

「嗯，那好吧。」

得到莫榛的同意，黎顏才拿起勺子舀了一勺白粥，放在嘴邊吹了兩口，餵進了嘴裡，「唔，老闆這白粥的味道太棒了！能想出這種作法的一定是天才！」

她對著莫榛豎起了大拇指。

「……」他現在懷疑，其實她根本就沒有失憶吧？

黎顏匆匆地吃了兩碗粥，就趕去黎瀟家裡了。黎瀟家裡很熱鬧，不僅她的父母和自己的媽媽在，連向雲澤都來了。

自從情人節後他們就沒再見過了，雖然之前通過兩次電話，但是再見面也難免有些尷尬。好在現在沒什麼時間給她尷尬，她只跟莫榛請了兩個小時的假，看完黎瀟還得趕回去做牛做馬。

呃，雖然她覺得更像是莫榛在做牛做馬，就連她來黎瀟家坐的計程車，都是莫榛幫她叫的。

黎瀟正在臥室裡休息，她的臉色看起來還有些蒼白，看來確實受到了驚嚇。

不過她是看見了什麼，竟然嚇成這樣？

見黎顏進來，黎瀟的臉色又白了幾分。雖然以前兩人關係很好，可是現在不知不覺就疏遠了很多。

黎顏站在原地，一時之間也不知道該說點什麼。

反而是黎瀟突然就哭了出來，「堂姐，我真的不是故意推妳下去的。」

黎顏愣了愣，雖然她昏迷了這麼久，但是那天晚上的事她記得很清楚。

有人從後面把她推了下去。

這個人除了離自己最近的黎瀟，她實在想不出第二個。不過現在聽到黎瀟自己承認，她還是有些衝擊。

她想不明白，黎瀟為什麼要這麼做。

她一直沒跟任何人提起這件事，也是怕誤會黎瀟，畢竟那天晚上大家都喝了酒，她不想冤枉別人。

兩人都絕口不提這件事，可這件事已經成為兩個人心中的一根刺。

「妳畢業那天，我打給雲澤哥哥，他說他馬上就要從美國回來了……」黎瀟的眼裡還泛著眼淚，一抽一抽地道，「回來娶妳。」

黎顏還沒從上個衝擊中回過神，黎瀟又拋了一個更大的衝擊過來。

娶她？她怎麼從來沒聽過！

「我知道他喜歡妳，這次回來一定會跟妳告白，可是沒想到，他竟然想跟妳求婚！」

黎顏的嘴角抿得死緊，情人節那天晚上他只是跟自己表白，沒有提到結婚的事。她是不是在不知不覺間，忽略了太多事？

比如，黎瀟一直喜歡著向雲澤？

她和黎瀟是一起認識向雲澤的，當時她十三歲，黎瀟十二歲。黎家和向家一直有生意往來，外公和向爺爺更是好兄弟，所以當時便一起吃了頓盛大的晚飯。

黎瀟是從那天開始喜歡上向雲澤的嗎？

「那天我心情很不好，妳拉著我去參加妳的畢業典禮，我也不好拒絕。晚上你們玩得很開心，不知道為什麼，我看見妳毫不知情的樣子就覺得生氣。我喝了很多酒，總覺得喝醉就不會這麼難過了。」

那晚黎顏的室友翠花宣布自己即將結婚的消息，於是一整晚大家的話題就沒有脫離結婚這兩個字。

她想起在路過百步梯的時候，黎顏一臉憧憬地幻想著自己將來的老公模樣，她就忍不住生氣。

酒精加重了這股怒火，等她回過神時，她已經把黎顏推下去了。

「這件事是我不對。這段時間我老是做噩夢，如果妳再不醒過來，我一定會瘋了。」黎瀟想起自己在百步梯前看見的女鬼，一定也是這段時間心理壓力過大導致的幻覺，「後來妳醒了，我也不敢把這件事說出來。要是讓媽媽知道了，她會打死我的……」

「不，這件事我也有不對。」黎顏心裡也有點難受，黎瀟跟她一起長大，她喜歡向雲澤，自己沒看出來；她心裡難受，自己還是看不出來；她不想跟著自己去狂歡，自己不僅看不出來，還逼著她去。

這種感覺實在是糟透了。也許清揚說得對，她的智商真的有些低。

「妳不是故意的，對不對？」種種情緒到了嘴邊，只剩下一句溫柔的安慰。

黎瀟心裡的委屈和後悔就像潮水一樣鋪天蓋地地湧了上來，就算是喝醉，就算是生氣，她怎麼能把人推下去呢？

響亮的哭聲充斥房間，黎顏一直安靜地站在一旁，黎瀟就像一個孩童般，放肆地大哭著。

良久，黎顏走到床邊坐下，拍了拍痛哭失聲的堂妹，「這件事我不會告訴雲澤哥哥的。」

本來已經哭得沒力氣的黎瀟聽她這麼說，又掙扎著抽泣起來，「我已經告訴他了，他說他再也不會理我了……」

這麼看來，做錯事始終是要付出一點代價的。

黎顏趕在兩個小時的限期內回了片場，當時莫榛正在休息。看著黎顏低著頭，一臉沮喪的樣子，他忍不住問：「怎麼了？」

「老闆，我覺得自己有點蠢。」

莫榛驚訝地道：「妳現在才發現？」

「……」她不想理老闆了。

「咳，我是說，妳能發現自己蠢，其實也不是很蠢。」

「……」再見！

「對了，妳覺不覺得現在這樣跑來跑去不太方便？不如搬過來和我一起住吧。」

「咦？」

第五十章

胃痛

直到今天拍攝結束，黎顏還陷在「搬過來和我一起住」的漩渦中。

看了眼窗外越來越不熟悉的景色，黎顏扭過頭看著莫榛，「你是不是迷路了？」

莫榛瞥了她一眼，不以為意地道：「這條路我走四、五年了，每個監視錄影器的位置我都記得一清二楚。」

黎顏抽了抽嘴角，沒再說話，今天又可以愉快地在老闆家滾沙發了。

因為《鬼校》是部鬼片，一半以上的故事都是發生在夜晚學校。劇組上午通常都是休息，拍攝會從下午一直持續到第二天的凌晨四、五點。

黎顏嘆了一口氣，這樣下去也不是辦法，這種日夜顛倒的生活感覺還得持續一段時間，但她已經快編不出來什麼不回家的理由了。

總不可能一個編輯部每天都通宵加班吧？

練車，已經成了迫在眉睫的事！

莫榛今天開的是另一部跑車，對於這種一天換一部車的行為，黎顏已經沒有任何想法了。

只是看著在歐式路燈下矗立的漂亮別墅時，她還是忍不住感慨道：「這棟房子一定很貴吧？」

「還好。」莫榛減了速，將車子駛進車庫。

黎顏的腦袋裡迴盪著雲淡風輕的「還好」兩個字，扯著嘴角笑了笑，「我是說，以我的薪水為衡量單位的話。」

莫榛解開腰上安全帶，側過頭看著黎顏，「我讓唐強把妳的試用期縮短到一個月，轉正後的薪水……五萬塊怎麼樣？」

「哈哈哈哈，公司應該不會把助理的薪水開得那麼高吧？」雖然她很高興可以領到這樣的薪水，努力按捺住自己的真實想法，提出了一個比較現實的問題。

不過莫天王完全不把這個問題當做問題，「他們給多少，剩下的我付。」

「……」老闆，乾脆包養她吧！

第二次來莫榛家，黎顏駕輕就熟地去一樓浴室洗了澡，只是兩天沒回家，沒有換洗的衣服有點麻煩。

明天無論如何都得回一次家了。

黎顏洗完澡出來，身上穿著莫榛給她的男性睡衣，抬起寬大的袖子喜孜孜地嗅了一口——雖然他說這是一套新睡衣，但是總覺得有他的味道呢！

走到客廳，就見莫榛躺在沙發上，霸占了她睡覺的地方。

黎顏走過去，欣賞了半分鐘莫天王的睡顏後，正想拿食指戳戳他嫩白的側臉，就看見莫榛的眉頭一皺。

忍不住跟著皺起了眉，黎顏在沙發邊上蹲下，看著莫榛道：「怎麼了？」

「胃有點痛。」莫榛說話時眉頭仍是皺著的，感覺真的不太舒服。

下午拍攝得不太順利，導演臉色不太好，所以即使到了吃飯時間，也沒人敢說吃飯的事。

一直到晚上十一點，大概是導演也餓到不行了，終於讓大家吃飯了。

晚餐是七點多送來的，放了四個小時，早就涼了。大家隨便將就著吃了點，又馬不停蹄地開始拍攝，她早該想到莫榛的胃會受不了。

「我去幫你拿藥！」黎顏站起身，飛快地奔到電視櫃旁，打開了第二個抽屜。

在裡面翻找了一陣子，黎顏拿出一盒藥，又去倒了杯溫水，才又回到沙發旁。

「莫天王，起來吃藥吧。」黎顏戳了戳莫榛的臉，把水杯遞到莫榛面前。只見莫榛慢吞吞地睜開眼，看了一眼她手上的水杯和藥，問道：「妳怎麼知道藥在哪裡？」

「我……」黎顏愣了愣，眼睛飛快地眨了一下，「我猜的，我們家的藥也放在電視櫃下面。」

「哦。」莫榛的睫毛像把小扇子似地垂下，他接過黎顏手中的藥，從沙發上坐起，一口吞了下去。

吃完藥，他繼續霸占黎顏睡覺的沙發。

黎顏在客廳裡走了兩步，又趴到沙發邊上問：「老闆，要不要再吃點東西？」

「嗯……冰箱裡還有早上沒吃完的白粥。」

莫榛的聲音聽上去有些虛弱，黎顏揉了揉他的頭髮，安撫道：「那我去把粥熱一下，很快就可以吃了！」

莫榛睜開眼睛，瞟著自己頭頂上的手。

黎顏的右手頓住……天啊，她做了什麼？她發誓她不是故意調戲老闆的，只是太順手了！

嗖地收回右手，黎顏做作地對莫榛笑了兩聲，「那我去熱粥了，哈哈。」

莫榛的嘴角幾不可見地翹了翹，看著眼前臉頰微紅的人，「不需要我告訴你東西都在什麼地方吧？反正你們家的格局應該和我家一樣。」

黎顏飛快地逃進了廚房。

從冰箱裡拿出粥，黎顏點燃了煤氣，把不銹鋼鍋放了上去。

她也不明白自己為什麼知道胃藥放在哪，只是沒來得及讓她多想，雙腳就像活了一般，自己跑到了電視櫃旁。

雖然她家的藥箱並不是放在電視櫃裡，但是大部分人應該都是放在那裡吧，所以她會知道只是運氣好……吧？

粥熱過一次之後，味道就沒有剛煮好的美味了，不過兩人還是把剩下的白粥都解決掉了。

吃完飯，莫榛總算想起自己霸占了黎顏的床位。他思考了一下，提供黎顏了一個解決方案，「不如妳去樓上睡吧。」

「樓上？」黎顏瞪大了眼。

莫榛笑了一下，單手撐著下巴，微微偏頭看著黎顏，「樓上有兩個臥室，妳住旁邊那間。」

「哦，另一間啊！」黎顏恍然大悟地捶了捶自己的手掌。

莫榛靠近了些，他身上的熱氣都快傳到黎顏身上，「妳想睡主臥也可以。」

「不用了，我睡另一間就可以了！」黎顏騰地從椅子上站起，椅子的腳猛地擦過地板，發出一聲尖銳的聲響。

「哦，那真是遺憾。」莫榛這麼說，臉上也真的有分惋惜之色。

黎顏的嘴角抽了抽，不愧是影帝啊，入戲真快。

另一間客房也是簡約風格，雖然平時沒人住，但還是打掃得一塵不染。

黎顏撲上床，沒過多久就睡死了。

莫榛把碗筷放進水槽裡泡好，才上了二樓。經過客房時，他停下腳步，走上前去輕輕把門開了一條縫。

黎顏裹著被子躺在床上，睡得正香甜，那微微揚起的嘴角，是做了什麼美夢嗎？

莫榛在門外站了一會兒，才笑著關上門。

回到臥室，飄飄又出現在半空中，莫榛的臉色立刻就變了。

飄飄狀若傷心地道：「莫天王，見到小貓咪就偷笑，見到我就臭臉，是什麼意思？」

「是妳該去投胎了的意思。」莫榛快步走到床上，打算眼不見心不煩。

飄飄跟著飄了過去，表情比菜市場的三姑六婆還八卦，「唉，看得到，吃不到，是個男人都會欲求不滿的。」

「……」莫榛翻了個身，用後腦勺對著她。

對於這種無聲的拒絕和鄙視，飄飄毫不在意，她可是個資深女鬼。「莫天王，我昨天可是去幫你嚇唬壞人了喔，你就這樣對我？」

莫榛的眉頭動了動，語氣頗為不耐地問道：「什麼壞人？」

「就是推小貓咪下樓的那個人啊。」

莫榛掀開被子，從床上坐起。

飄飄捂著嘴笑了兩聲，才道：「不用這麼緊張，事情已經圓滿解決了，她本來也不是故意要推小貓咪下去的，現在兩個人已經和好了。」

莫榛瞇著眼睛想了想：「是她堂妹推她下去的？」

「是呀。」

「她為什麼要這麼做？」

「因愛生恨啊。」

莫榛蓋上被子重新在床上躺下，昨天下午黎顏說妹妹出了事，就是這件事吧？看她回來時的神情，應該是沒事了，只是那個堂妹……在他心裡永遠是黑名單了。

「不過話說回來，如果不是堂妹的一推，你也不會認識小貓咪了。」

「……」莫榛心想，黑名單三個月好了。

第五十一章

同居

黎顏再次睜開眼睛時，看見的是透過窗簾射進屋裡的陽光。透明得有點不真實，但只是這麼看著，就彷彿被溫暖包圍了一般。

拿過放在床頭的手機，黎顏看了看時間，十一點十一分。

天啊，她是今天早上五點入睡的，到現在還不滿六個小時。

嘆了口氣，黎顏一邊憂心著自己的皮膚問題，一邊翻身下了床。簡單地刷牙洗臉完，她輕手輕腳地推開房門，做賊一般地往空蕩蕩的走廊上看了一眼。雖然已經中午了，但是房間裡安靜得彷彿還是深夜。

像是怕驚擾到睡夢中的人，黎顏走起路來也特別小心翼翼。莫榛臥室的門是關著的，客廳裡也沒有人，應該是還沒起來。

黎顏站在樓上想了想，決定盡一個助理應盡的責任——先去弄午飯。

雖然莫榛不常在家裡吃飯，但是冰箱裡的食材還是很豐富的。看著琳琅滿目的菜色，黎顏這才想起唐強說過以前都是他在煮飯，以後就交給她了。

她覺得這哪是在找助理啊，根本是在找保姆。現在保姆可都是時薪計算的，公司才給她一個月兩萬塊的月薪，她是不是虧大了啊？

一邊在心裡算著這筆帳，一邊挑了幾顆比較順眼的番茄出來，今天中午就吃……番茄炒蛋和番茄蛋花湯吧！

莫榛在她起來後不久就醒了，他一直站在樓梯間看著黎顏在廚房忙來忙去，總覺得有種新婚小夫妻的感覺。

走下樓梯，莫榛看了一眼廚房裡的番茄炒蛋和番茄蛋花湯，旁邊的碗裡還裝著蜜漬蕃茄，真是一頓番茄盛宴。

「妳還真喜歡番茄。」莫榛嘴角含笑，拉開了冰箱的門，拿出一顆檸檬。

黎顏見他把檸檬放到砧板上，還拿起了旁邊的水果刀，眼疾手快地將檸檬從刀尖上拯救了下來，「你幾個小時前還在胃痛，現在就敢吃冰鎮檸檬，你才喜歡檸檬吧。」

莫榛愣了愣，總覺得這話以前阿遙也說過。

黎顏見他默不作聲，滿意地放下手裡的檸檬，推著他往外走，「你去客廳裡休息一下吧，我馬上就做好了。」

莫榛回過頭來，目光又在各種番茄上逡巡了一圈，才道：「我只問一句，妳煮飯了嗎？」

飯？

「啊……」

「……」

等黎顏洗好米、煮好飯，已經是半個小時後的事了。還好現在天氣不算冷，菜沒涼得那麼快，但考慮到莫榛嬌弱的胃，黎顏還是把湯加熱了一次。

莫榛夾起一筷子的番茄炒蛋，對黎顏問道：「妳最近在減肥？」

「不是啊。」黎顏嘴裡包著米飯，兩頰鼓鼓地看著莫榛。

「那為什麼吃得這麼素？」

因為她只能保證自己做的番茄料理是好吃的。

「因為健康。」黎顏擺出一副專家的臉，「多吃綠色植物對身體好。」

「番茄是紅色的。」

「紅色食物對女性身體有好處。」

「……但我是男的。」

「……」專心吃飯，假裝沒聽見。

抬眸看了一眼對面專心吃飯的人，莫榛拿筷子戳了戳碗裡的白飯，狀似不經心地問：「對了，我昨天跟妳說的事，妳考慮得怎麼樣了？」

「你昨天跟我說什麼？」

「搬來和我一起住的事。」

「……」昨天莫榛的胃一痛，她就忘了這件事。

「呃，這個……」黎顏的眼珠左右亂瞟，就是不敢看他，「不太方便吧？」

「妳一直兩邊跑才不方便。」放下筷子，莫榛在腦海裡回憶著平時唐強矇騙小新人的樣子，「住在一起很正常，助理都是這樣的。」

助理真的都是這樣？怎麼可能！

可是看著對面的莫榛，她完全說不出口拒絕的話，「我總要和家人商量一下吧……」

「那妳吃完飯就回去商量吧，我幫妳叫車，東西請司機幫忙搬就好。」

「……」她總覺得，這個節奏不太對啊。

就算搬過來，要說吃虧，她想了想貼在床頭的海報——其實莫榛比較吃虧。

這麼一想，黎顏也就放心了。

為了把衣物、生活用品搬來，莫榛特地放了黎顏半天假，讓她回去搬東西。今天是星期六，黎顏回家時父母都在，她只好說因為公司總是加班，所以決定搬到員工宿舍去住。

黎爸爸正在看財經新聞，聽黎顏這麼說，眉頭就皺了起來，「員工宿舍？哪家公司這麼好，還會有宿舍？那邊條件怎麼樣？」

「各種家電一應俱全，只需要帶著生活用品入住！」黎顏想了想，又補充了一條，「而且房東很帥！」

「……」黎爸爸突然有種女大不中留的滄桑感。

明明小時候覺得爸爸是全世界最帥的人！

黎媽媽一邊幫忙收拾東西，一邊叮囑她要按時吃飯、多休息，放假的時候記得回來。

黎顏一一應下，這麼乖巧的樣子反而讓黎媽媽一陣心酸。要不是因為自家老公已經調查過那間公司，她一定不會放心讓黎顏到外面住。

黎顏提著大包小包的行李出來時，計程車司機果然還等在社區外。見黎顏提著東西出來，他十分主動且紳士地幫忙搬運行李。

黎顏坐在後座，看著手裡的鑰匙發呆。這是莫榛走之前給她的鑰匙，還告訴了她一個密碼，說是要密碼和鑰匙同時用，才能把門打開。

按照莫榛說的，黎顏順利打開了房門，把行李放在客廳，又坐著計程車趕去片場。

路上，她照莫榛的叮囑，發了封簡訊給他。

「報告老闆，東西已經搬過去了，現在正在去片場的路上。」

「已閱。:)」

看似平靜，其實手機那頭的莫榛早就笑開懷了，哼哼，接下來就是近水樓臺了！

消息發送成功後，黎顏沒有再回過簡訊，倒是向雲澤打了一通電話過來。

看著螢幕上的來電人，莫榛思考片刻才接起電話，「怎麼了？」

那話那頭很快傳來了向雲澤的聲音：「莫榛，我以前怎麼沒看出你是禽獸呢？」

莫榛不以為意地道：「你沒看出來很正常，因為我本來就不是。」

「你不是禽獸，還讓顏顏搬到你家？」

莫榛揚了揚眉，語氣中帶著淡淡的讚賞：「你消息倒是很靈通嘛。」黎顏才剛搬進去，他就打過來質問了。

聽出好友話裡的得意，向雲澤忍不住想潑他一盆冷水，「知道顏顏怎麼形容你家的嗎？」

「高級別墅？」

「她說你家是員工宿舍。」

「……」

莫榛的沉默讓向雲澤的心情愉悅不少，「莫天王，你就真的這麼空虛寂寞冷？」

「我只是出於工作需要，才讓她搬進來的。」

「夠了，你這爛理由也就只能騙顏顏。」向雲澤說到這裡，停頓了一下，才繼續道，「莫榛，你最好不要亂來。」

這話莫名讓莫榛感到不快，他抿了抿嘴角，答道：「放心吧，我不會強迫她的。」

「……」就連為人師表的向博士也沒有忍住在心裡罵了髒話，果然還想再揍他一頓！

這通電話結束後沒多久，黎顏就到了片場。那個時候莫榛正站在講臺上講課，溫曉曉陰森森地坐在教室角落，埋著頭不說話。

黎顏在教室外圍觀了一會兒，就走到休息區坐下。忙了一下午，她半口水都還沒喝到呢。

「怎麼了，很累？」莫榛不知什麼時候走到了黎顏身旁，被鏡片遮擋的雙眸裡隱隱透著一絲擔憂。

「沒有，只是有點口渴。」黎顏笑著舉了舉手中的礦泉水瓶，又對著瓶口喝了一口，「對了，鑰匙還給你。」

莫榛低頭看著她遞過來的鑰匙，沒有伸手去接，「鑰匙妳留著，我還有一把。」

「可是……」

「可是什麼？妳都搬進去了怎麼能沒有鑰匙？」

黎顏不說話了，雖然自己因為工作需要搬進去了，但要是莫榛不在，她也不能一個人待在他家啊。而且雖然她是助理，但也不過才和他認識幾天，把自己家的鑰匙交給一個陌生人，他怎麼放心？

「莫天王，我覺得你的安全意識太差了。」黎顏搖著頭，語氣聽上去頗為沉重。

莫榛只是笑了笑，沒有說話。

吃晚飯的時候，黎顏從莫榛那裡聽到了一個好消息，今天劇組終於可以不用通宵拍攝啦！不過也是熬到了十二點以後才收工。

莫榛看著副駕駛座上哈欠連連的黎顏，心情相當愉快。

回到家以後，果然在客廳裡看見了她的行李，莫榛揚了揚唇，對她道：「妳以後就住在二樓的客房吧。」

「好。」黎顏說完，就要去提地上的行李箱，卻被莫榛搶先一步提走了。

黎顏微微一愣，看著他挺拔又帥氣的背影，嘴角一彎，也跟著上了二樓。

第五十二章

流氓

已經快凌晨一點了，莫榛把行李放到黎顏的臥室裡，就打算洗澡睡覺了。

黎顏也確實睏了，本來想等明天起床後再整理行李的，可是手碰到腰間的包包時，猛地轉身叫住了莫榛。

「莫天王！」

莫榛回過頭來，帶著睏意的眼睛半瞇著看她，「什麼事？」

「呃，那個……」黎顏突然顯得有些不好意思，「我可以在你的房間裡貼海報嗎？」

海報？

突然想起之前飄飄告訴過他，黎顏拿到了他的特別海報，半裸版的。莫榛揚了揚唇，又朝門裡走了進來，「這要取決於妳海報上的人是誰。」

「不是誰，就……風景畫！」

「風景畫？」莫榛站在原地打量她幾眼，眼裡盈著笑意，「不可以，這會破壞我整間屋子的格調。」

黎顏扯了扯嘴角，怯生生地問：「那貼什麼海報才不會破壞你屋子的格調？」

「當然是我的海報。」

「……」呵呵，她就知道。

可是叫她當著莫榛的面拿出那張半裸海報……她做不到。

「算了，我不貼了，你早點休息吧。」黎顏笑咪咪地指了指門口，一副慢走不送的樣子。

莫榛眨了眨眼，沒再說什麼，轉身走出了黎顏的房間。

黎顏從行李中翻出換洗衣物，就進了浴室洗澡，出來時整個人都紅撲撲的。

在大床上滾了兩圈，黎顏把臉埋在枕頭裡，還覺得這件事很不可思議。

她竟然和莫天王同居了？要是清揚知道，會不會提著刀來砍她？

想到之前自己還坑了她一張海報，黎顏心裡突然有點愧疚。早知道可以看真人版，她哪會去貪圖一張小小的海報啊！

找個機會幫清揚要一張莫天王的簽名海報好了！

此時坐在床上奮力寫文的陳清揚，冷不防地打了個噴嚏。

黎顏的思緒一直在海報上轉，果然，不把那張海報貼上，她就睡不著。

翻身從床上起來，黎顏打開自己的包包，將裹得小心翼翼的海報拿了出來。

既然他說自己的海報可以貼，那她貼上去也沒什麼關係吧？

黎顏將海報展開，呵呵地傻笑兩聲，把它貼在床頭。

第二天早上，手機設置的鬧鐘響起時，莫榛已經在黎顏床邊站了五分鐘了。

掃了床頭上響個不停的鬧鐘，莫榛順手點了關閉。

「唔……」黎顏在枕頭上蹭了蹭，還是慢慢睜開了眼睛。

莫榛正站在床邊，眉眼含笑地看著自己。

黎顏愣了一瞬，然後把被子往身上一裹，尖叫著坐起，「你你你你你怎麼會在這裡！」

莫榛揚了揚眉，不僅沒有被抓現行的窘迫，還相當坦蕩，「這裡是我家，我為什麼不能在這裡？」

「可是你已經把房間讓給我了啊！」

「讓給妳？」

「我是說，讓給我住……」

莫榛淺淺地勾了勾嘴角，目光又移到對面那堵牆上。

黎顏反應了一秒，然後迅速地撲到牆上，「不要看啦！」

莫榛終於忍不住笑了起來，黎顏的臉色在他的笑聲中越來越紅，他的笑聲也越來越大。

黎顏快被他笑得無地自容了。把別人的裸照貼在床頭還被發現……太丟臉了！

她順著牆面軟趴趴地縮回被子裡。

莫榛走了過來，單手撐在床上看著她，「其實妳想看，我可以脫給妳看的。」

什麼？

黎顏的大腦徹底當機，此時只有一個空殼子傻兮兮地望著他。

莫榛又靠近了幾分，連聲音裡都帶著一股誘惑，「真人比海報好看多了。」

黎顏發誓她這輩子心跳沒這麼快過，就連學測成績查詢時都沒有。吞了口唾沫，她抬頭看著他俊美的臉，真心誠意地問道：「可以脫到哪種程度？」

「妳想看到哪種程度呢？」莫榛的聲音有些喑啞，他微微低了低頭，就碰上了黎顏的唇。

蜻蜓點水的一個吻。

黎顏腦中轟一聲，像是煙火炸開一般，她的心都快從胸口跳出來了。

莫榛微微喘了口氣，然後迅速地離開了她的房間。

黎顏一動不動地坐在那裡，腦裡只剩下剛才的吻——或許那根本算不上一個吻，可是……她還沒有刷牙啊！

黎顏心裡羞憤難當，如果不是因為老闆長得這麼帥，她一定會推開他，然後去刷牙的！

拿過手機，她很有感觸地發了一則貼文：「不怕流氓壞，就怕流氓長得帥。」

莫榛洗完澡出來，心裡還有些煩躁。

剛才自己的行徑實在是有點像流氓，在黎顏看來，完全就是要完流氓後直接逃離現場吧？

正這麼想著，手機上就刷出了黎顏十分鐘前的貼文。

「……」他努力想著該怎麼回，不過還是被真正的文學少女搶先了。

水煮檸檬留言：就算長得帥，也救不了流氓壞。

看到這則留言，莫榛登入帳號，立刻也留了一句。

首先，妳需要一個流氓。:)

「……」看到留言的陳清揚差點沒氣死，這人存心找自己麻煩！

黎顏在浴室裡刷了三次牙，終於滿意了。換完衣服從臥室裡出來，她在思考等一下該以什麼表情面對老闆。

而忍不住做出偷親行為的莫榛更憂鬱，連逛拍賣都沒那麼高興了。

因為昨晚比較早睡，今天十點一過，兩人就起床了。這個時間吃早餐有點太晚，吃中餐有點太早，實屬一個尷尬的時間點。

所以莫天王選擇不吃，等撐過十二點，就可以出去吃午飯了。

黎顏下來的時候，莫天王還在憂鬱地逛拍賣，她故作輕鬆地上前看了看，發現他竟然在逛拍賣，頓時更無語了。

一個住豪宅的人竟然還要在拍賣上買東西?還能給他們留一條活路嗎？

「咳咳。」站在莫榛背後，黎顏做作地咳嗽兩聲。

莫榛放在滑鼠上的手頓時一僵，又聽她問道：「莫天王，你在逛拍賣啊？」

「嗯。」他點開一款白巧克力餅乾，假裝在看商品介紹。

黎顏被巧克力的圖片吸引了，她拉開椅子，在莫榛身邊坐下，「哇，這個巧克力餅乾看起來好好吃呀，北海道產的？」

「嗯，妳喜歡？」莫榛一邊這樣問著，一邊順手把它放進購物車中，「這家店還有很多吃的，他們的水果布丁也不錯。」

連到首頁，琳琅滿目的零食瞬間吸引了她的目光，「看起來都好好吃啊，這個餅乾好可愛，還有這款巧克力，我想吃很久了！」

莫榛一邊聽著，一邊把她提到的東西都加進了購物車。

結帳的時候，黎顏看著那逼近她一個月薪水的金額，嘴角忍不住抽了抽，

「你很喜歡在網路上買零食吃？」

她完全沒有意識到，這裡百分之九十以上的食物都是她剛才點的。

莫榛用信用卡結了帳，點了點頭，「嗯，每個月都會買一次。」

說完後，黎顏半天沒有反應，他忍不住轉過頭問：「怎麼了？」

「沒事，只是覺得有點萌。」黎顏忍著笑道。

「……」向雲澤和唐強都笑過他，但沒有一個人的理由是萌。有點萌……聽起來還不賴，因為他也覺得自己有點萌。「對了，剛才的事，抱歉……」

「……」黎顏心想，她都故意不提這件事了，他為什麼非要提起呢！臉頰又忍不住開始發燙，黎顏從椅子上站起，轉身朝廚房走去，「我去做午飯。」

莫榛張了張嘴，本想說出去吃的，但話到嘴邊卻變成：「記得煮飯。」

「……」同樣的蠢事她才不會做第二次呢！

昨天她已經把冰箱裡所有番茄用掉了，今天不能再擺番茄盛宴，只好拿出微波爐食品加熱了。冰箱裡還有些專為懶人提供的家常菜，都是切好並且配好調料的，只需要倒進鍋裡炒熟就可以了。

拼拼湊湊的，黎顏還是做出了三菜一湯，她突然有點懷念在片場吃便當的時光了。

黎顏做的菜雖然不能算多好吃，但也不難吃，更何況在莫天王看來，就算黎顏給他吃毒藥，那也是蜜糖。

一頓飯吃下來，菜也沒剩多少，黎顏看了看時間，洗完碗也差不多該去片場了。

收拾好餐桌上的碗筷，她正準備抱到廚房裡去洗，就被莫榛攔了下來，「妳做了飯，碗就我來洗吧。」

「啊？」讓莫天王親自洗碗，恐怕不太好吧，「不用了，這本來就是我的工作。」

莫榛沒理會她的反駁，還是抱著碗筷去了廚房。

黎顏看著在廚房裡洗碗的莫天王，覺得他們兩個不像是明星和助理，更像是老夫老妻。

第五十三章

綽號

晚上十點，《鬼校》片場，一個月黑風高鬧鬼夜。

黎顏一個人走在陰森森的走廊上，下意識地將外套裹緊了一點。

她真的討厭拍夜戲！特別是這部戲還是一部以鬼為主角的戲！

有風從破了洞的玻璃窗中吹入，帶著夜晚特有的寒氣，黎顏打了個哆嗦，就聽見夜空中傳來了高亢的烏鴉叫。

嘎——嘎——

頭頂上的日光燈閃了兩下，黎顏看著腳下形狀怪異的影子，終於發瘋般地在走廊上狂奔起來。

救命！又不是她在拍鬼片，搞得這麼恐怖是什麼意思！這年頭，就連上個廁所都得冒生命危險！

黎顏迅速地上完廁所出來，她決定，從明天開始，天黑後都不要喝水了。

腳步聲驀地從走廊對面傳來，黎顏一個激靈，往對面看了看。

燈光拉扯出一個頎長的身影，伴隨著越來越近的腳步聲，莫榛從拐角處走了出來。

「老闆，你也來上廁所嗎？」黎顏欣喜地衝了過去，「早知道你也要來，我就等你一起了！」

「……」他知道女生喜歡好幾個人相約一起去上廁所，只是……性別不同也可以？

「我是專程來找妳的。」他抽了抽嘴角，有些無奈。

不知道劇組是怎麼找到這間學校的，他聽師父說，這裡以前真的是墳場。其實從來劇組的第一天，他就覺得非常不舒服，這裡陰氣太重。只是就算他把這個說給別人聽，也不會有人相信。值得慶幸的是，他到現在為止，還沒見過什麼孤魂野鬼。

「那我們走吧。」黎顏拉了拉莫榛的衣腳，她只想早一刻回到人氣比較旺的教職員辦公室——至少那裡還有一大堆男性工作人員，陽氣比較重。

「呃，妳在這裡等一下，既然來了，我也順便去上個廁所。」莫榛說著，就拐進了旁邊的男廁。

整間學校只有這層的廁所可以用，劇組人員都會來這裡上廁所。白天的時候倒不覺得有什麼，可到了晚上，黎顏是連洗手臺前的鏡子都不敢看一眼。

咚，咚，咚。

像是拍皮球的聲音，突然從前面傳了過來。雖然聲音很微弱，但是每一下都像是敲擊在黎顏的心尖上，震得她的心如擂鼓般作響。

她吞了口唾沫，朝前面看了看。前面有一個樓梯，聲音就是從上面的樓梯間傳來的。

黎顏下意識地往男廁所的方向看了看，門口沒什麼動靜，看來莫榛暫時還不會出來。

嗒嗒嗒的拍皮球聲依然沒有中斷，一下一下的異常富有節奏感。

黎顏搓了搓自己已經起雞皮疙瘩的手臂，往男廁所門口退了過去。

溫曉曉臉上帶著妝，站在樓梯口拍皮球已經一分鐘了。

那個女人怎麼還沒過來？

剛才看見她一個人去上廁所，溫曉曉也假裝上廁所，去道具室找個了個橡皮做的人頭道具，打算嚇一嚇她。

可是沒想到那個女人的膽子這麼小，她都站在這拍了一分鐘的人頭皮球了，她竟然還沒過來？

好吧，她不過來，那她就親自過去。

溫曉曉一邊拍著皮球一邊從樓梯上下來，期待著轉個彎就能聽見黎顏驚恐的尖叫聲。

她勾了勾嘴角，擺出一個導演讚賞過的最陰森表情，從樓梯口走出。

「啊——！」

預料之中的尖叫響起，打破了寧靜的夜空。只是這尖叫不是來自黎顏，而是出自溫曉曉之口。

她看見了什麼？

那個女人竟然飄在半空中！烏黑的髮絲在空中飛揚，遮住了她一半的臉——該死的，這裡根本沒有風！

莫榛剛從廁所出來就聽見溫曉曉的尖叫聲。

沒心思顧及一臉驚恐的溫曉曉，莫榛全部的目光都被飄浮在半空中的人吸引過去，「阿遙？」

聽見莫榛的聲音，黎顏想轉過身來，可是她卻不知道該如何在空中轉身。她在半空中艱難地扭了扭，突然像是被一股莫名的力道牽引著，順利完成了空中一百八十度旋轉。

那股支撐著黎顏飄浮的力量正慢慢減弱，她清楚地感覺到自己在下降。

莫榛抬頭看著緩緩落下的黎顏，自然而然地伸出雙手，接住那個從天而降的人。

這是第一次，他這樣抱著她。

情不自禁地將人往懷裡帶了帶，黎顏溫溫軟軟的身體讓莫榛捨不得鬆開手。

黎顏撲在莫榛身上，還有點驚魂未定。剛才究竟發生什麼事？為什麼她會突然飄起來？

「好了，沒事了。」感受到懷裡人微微的顫抖，莫榛安撫地拍了拍她的背。

黎顏聽著從莫榛胸口傳來的心跳聲，終於漸漸冷靜下來。

「發生什麼事了？」溫曉曉的助理衝了過來，身後還跟著一大堆人。

剛才溫曉曉的叫聲把整個劇組的人都嚇了一跳，連忙趕來看看情況。

「那個女人飄起來了！」溫曉曉拉過助理的手，指著黎顏的手還在微微顫抖。

眾人的目光集中在黎顏身上，莫榛只好放開懷裡的人。

可惡，本來想再抱久一點。

莫天王明顯不悅的表情讓眾人回了回神，又把目光重新聚焦在溫曉曉身上。

「你們看著我幹嘛？她真的飄起來了！」剛才的驚嚇還沒有恢復，現在又被一大堆人質疑，溫曉曉忍不住拔高嗓門，「莫榛也看見了！」

眾人的目光又落在莫榛身上，彷彿一種無聲的詢問。

莫榛看了眼溫曉曉，聲音裡帶著慣有的冷淡和疏離，「妳最近是不是壓力太大了？昨天妳睡了幾個小時？」

「你的意思是我出現了幻覺嗎？剛才明明是你接住她的！」完全顧不上自己清純可愛的形象，溫曉曉只驚嘆於莫天王睜著眼睛說瞎話的本事。

影帝果然不是白拿的。

她上前一步，似乎想和莫榛據理力爭，卻被身旁的助理一把拉了回來，「莫天王抱歉，曉曉最近確實壓力比較大。」

「我……」

溫曉曉的一個我字出口，就被助理瞪了回來。抿了抿嘴唇，溫曉曉甩開助理的手，背過身不說話。

氣氛一時陷入僵局，導演義不容辭地站了出來，「拍鬼片確實容易給演員造成較大的精神壓力，我看大家也累了，不如先回家休息吧，我們明天再繼續。」

莫榛當然求之不得，拉著黎顏就往學校外走。溫曉曉的助理給眾人道了個歉，也拉著她走了出去。

坐在車上，黎顏還沒想通剛才發生了什麼事，但是莫榛在看見飄飄的時候就明白了。

一定又是她搞的鬼。

「莫天王。」

「嗯？」

「你剛才為什麼叫我阿遙？」

「……」他以為黎顏會問飄起來的事，沒想到她更在意這個嗎？

「阿遙是誰啊？」黎顏偏過頭來，一臉疑惑。

莫榛微微抿了抿嘴角，答道：「妳的綽號。」

「……榛榛。」

莫榛放在方向盤上的手一僵，回過頭看著黎顏。

黎顏笑著點了點頭，「你的綽號。」

「……」他平復了一下已經噴發到胸口的情緒，問道，「妳真的一點都不記得了嗎？」

黎顏歪了歪頭，疑惑地看著他，「記得什麼？」

「沒什麼。」莫榛拐了個彎，雙眼目視著前方，「剛才的事你怎麼想的？」

提起這個，黎顏想了想道：，「我的精神壓力太大了嗎？我竟然和溫曉曉出現了一樣的幻覺。」

「……」好吧，就當作是幻覺吧。

回到家，黎顏洗了個熱水澡，就爬到床上準備睡覺。看著床頭上貼著的那張海報，黎顏忍不住回想起莫榛抱著自己的那一幕。

前所未有的安全感，就像能阻擋所有狂風暴雨。

可惜她沒能摸到莫榛的八塊腹肌。

正兀自遺憾著，房門就被敲響了兩下。這間屋子裡只有她和莫榛，門外的人無疑就是莫榛。

從床上彈起，黎顏跑過去開門。門外的人穿著睡衣，手裡還拿著一杯牛奶，黎顏揚起頭，對著他笑了笑，「榛榛。」

莫榛的嘴角動了動，他把手中的牛奶遞到黎顏面前，「喝點牛奶再睡。」她剛才明顯受到了驚嚇，晚上說不定還會做噩夢，希望牛奶能有助於睡眠。

「謝謝榛榛！」黎顏接過牛奶，溫的。這暖暖的溫度似乎順著指尖一直傳到心裡，連心都跟著暖了起來。

一口氣喝光牛奶，黎顏嘴上還印了一圈細膩的白色泡沫，「杯子我會洗乾淨的，榛榛晚安。」

不知道為什麼，這句榛榛她叫得特別順口，就像已經叫過好多次了一樣。

「晚安。」莫榛轉過身，順手帶上了身後的門。

飄飄突然出現在半空中，莫榛目不斜視地往屋裡走去。跟在他身後進屋，飄飄探頭探腦地看了他一眼，「你生氣了？」

莫榛終於回過身，眉宇間還隱隱透著怒氣，「你嚇到她了。」

「我是在幫她！」飄飄不服氣了，「那個叫溫曉曉的拿著一個破道具就想嚇唬小貓咪，結果被我嚇傻了吧～」

「聽妳的口氣好像很得意？」

「呃……」作為一隻資深女鬼，飄飄還是被他的口氣嚇到了，「對不起。」

好吧，作為人類突然飄在半空，也許真的會受到一點驚嚇。

莫榛掃了她一眼，走到床上躺下睡覺。

飄飄見他似乎沒有要趕走自己的意思，終於鬆了一口氣，在原地消失了。

第五十四章

大力

莫榛醒來時，窗外的陽光已經很大了。幾隻小鳥嘰嘰喳喳地從陽臺上飛過，他揉了揉頭髮從床上坐起。

雖然肯斯尼莊園遠離市區，不過遠離市區也有好處，至少這裡空氣清新，還能聽到鳥叫聲。

刷牙洗臉完，莫榛打開房門，下意識地看了看黎顏的房間，房門還是緊閉的。

站在門口想了一會兒，他還是上前去敲了敲黎顏的房門，「阿遙，妳起來了嗎？」

既然昨天已經暴露了，莫榛也十分順口地叫起了阿遙這個名字。

房裡沒有反應，莫榛又敲了兩下門，試探道：「我進來囉？」

話音還沒落下，門已經喀嚓一聲打開了。往裡面看了看，被子已經疊好了，可是床上卻沒有人。

皺了皺眉頭，一大早的跑去哪裡了？

走到一樓，仍然沒看見黎顏的影子，他打開大門走到院子裡，「阿遙？」

「榛榛，你找我？」一顆腦袋從房子右邊轉角處探出，朝莫榛眨了眨眼睛。

莫榛回過頭，朝她走了過去，「妳跑去哪裡了？」

「我去跑了一會兒步，方醫生說我平時要注意鍛鍊的。」黎顏從拐角處走出，神情看起來有點興奮，「我剛才跑步的時候，發現房子後面竟然還有一個小花園！」

「哦，那個啊。」莫榛這才想起那個被荒廢已久的花園，「是當初建商送的。」

黎顏哦了一聲，點了點頭，「你怎麼都不用呢？放在那裡好可惜。」

「我哪有時間種花花草草。」其實真相是，就算種了也不可能種活。

「那我可以用來種菜嗎？」黎顏期待地看著莫榛，「自己種的蔬菜吃起來又環保又健康！」

「種菜？」莫榛顯然沒想到她會提出這種創意，「可是這是個花園。」

「花園和菜園也差不多嘛！」

「……」是啊，只差一個字。

「隨妳。」莫榛轉身朝屋裡走去，「先吃早餐吧，待會兒還要去片場。」

「好！」黎顏興奮地搶在他之前進屋，「今天我來做土司！配檸檬汁怎麼樣？」

莫榛帶上身後的門，有些不信任地看著她，「妳確定會做土司？」

「我跟媽媽學過，相信我！」阿遙回過頭，一副信我者得永生的表情。

「……好吧。」

從冰箱裡拿出一顆檸檬，黎顏把它洗乾淨切成兩半，拿起一半放進嘴裡咬了咬。

莫榛的眸色一變，走到她跟前問：「妳也喜歡這樣吃檸檬？」

「唔，不知道為什麼，這次醒來後就變得喜歡直接吃檸檬了。」關於這點，黎顏自己也想不通，大概是睡得太久，性格都變了吧。「你要不要也來一口？」

莫榛飛快地眨了眨眼，嘴角幾不可見地翹了翹，「好啊。」他微微彎下腰，就著黎顏的手在她剛才咬的位置輕輕咬了一口。

就像是熱度順著檸檬一直傳到臉上，黎顏整張臉都燒得通紅。她猛地縮回手，埋著腦袋戳了戳砧板上的另一半檸檬，「我、我是問你要不要吃這一半……」

「可是我覺得這一半比較甜。」莫榛嘴角彎彎地拿過黎顏手中的檸檬，心情大好地走到客廳去了。

「……」想要甜的話就去吃柳丁啊！吃什麼檸檬啊！

黎顏成功地烤好了土司，抹上一點果醬，再配上剛榨好的檸檬汁。

莫榛對這頓早飯相當滿意，「不錯，可以嫁人了。」

「……」黎顏心想，可是……她連對象都沒有。

吃完早飯後，兩人就去了片場，當然，還是莫榛開車。

黎顏看著專心開車的老闆，試探性地問道：「榛榛，我什麼時候有假啊？」

莫榛的眉頭動了動，轉過頭來看她，「怎麼，累了嗎？」

「不是，我想找時間去練車，總不能一直讓你開車吧。」別的明星都可以在車上補眠，只有莫榛還要負責開車，她這個當助理的實在失職。

「沒關係，以前我也自己開車。」

「可是以前你沒有助理呀。」

「妳那麼蠢，我怎麼放心讓妳去開車？」莫榛的一句話，結束了這個話題。

「……」嗚嗚，她家老闆嘴好壞。

莫榛頓了頓，又補充道：「不過如果妳累了可以說，休息幾天沒關係。」

「好。」黎顏別過頭，小小地應了一聲。

到了片場，溫曉曉正在化妝，看見黎顏時，還不著痕跡地瞪了她一眼。

黎顏的嘴角一抽，這個小女孩實在太表裡不一了，瞪回去！

兩人還在你來我往的交鋒，黎顏包包裡的手機就響了起來。

是唐強。

「唐先生，怎麼了？」

「妳到公司來一趟，莫榛買的東西到了，妳幫他帶回去。」

「好。」掛斷電話，黎顏跟莫榛說了一聲，就搭車去了凱皇。

特意在離公司還有一段距離的地方下車，黎顏就跟做賊一樣摸進了凱皇的大樓。

要是被唐強發現她不會開車這件事，一定會開除她的。

不對，她不是不會開車，只是不熟而已。

坐電梯到了三十六樓，黎顏本想進唐強的辦公室，結果被門口的韓梅梅攔了下來，「唐哥在開會，我帶妳去莫天王的休息室拿東西吧。」

「好。」黎顏有些拘謹地跟在韓梅梅背後。雖然已經成了這裡的員工，不過她總共也只來過這裡三次而已。

進了休息室，地上放著兩個大箱子，韓梅梅指著對黎顏道：「就是這些。」

黎顏走過去看了看，是上次他們在拍賣買的零食。

「莫天王是不是很喜歡在網路上買零食啊？」韓梅梅眨了眨眼，小心翼翼地打探著八卦。

「嗯，他說他每個月都會買一次，他的我的最愛裡全部都是海外零食代買的網站。」黎顏毫無所覺地爆著老闆的料。

「哦，那他喜歡吃什麼啊？」這種沒有戒心的小新人，她最喜歡了！

「他喜歡吃水果布丁，還有巧克力餅乾之類的。」黎顏看了看四周，發現休息室角落有一面旗子，「那個是什麼？」

韓梅梅看了過去，「錦旗啊。」

「錦旗？」

「妳不知道嗎？當時莫天王協助警方破獲了一個虐貓組織，還上了報紙頭條呢！」

經她這麼一說，黎顏就有點印象了，之前查莫榛資料的時候，好像查到過關於這件事的報導。

見黎顏呆呆地看著牆上的錦旗，韓梅梅有些不明所以地戳了戳她的背，「怎麼了？」

「沒什麼。」黎顏回過神，看著地上的兩箱食物，「那我抱走了。」

「需要找警衛上來幫妳搬嗎？」這兩箱東西，還是挺沉的。

「不用了，我搬得動。」黎顏說完就蹲下身，輕輕鬆鬆地抱起地上的兩個箱子，還朝韓梅梅笑了笑。

韓梅梅驚喜地看著眼前的大力士，兩隻眼睛閃閃發光，「妳能幫我換一下飲水機的水嗎？」今天早上來的時候水桶裡就沒水了，送水的工作人員也沒幫她換上，正苦惱要怎麼辦呢。

「好啊～」黎顏手裡抱著兩個沉甸甸的大箱子，跟著韓梅梅走了出去。

把箱子放在地上，黎顏剛抱起水桶，就聽一個男人的聲音在背後響起，「妳就是莫榛的助理？」

她下意識地轉過身，手上還抱著那桶水。

眼前的男人西裝筆挺，戴著一副金邊眼鏡，全身上下都散發著人類精英的氣場。可是不知道為什麼，黎顏看見他就覺得討厭。

「羅、羅董！」一旁的韓梅梅看見羅天成，也站直了身體，變得拘謹起來。

羅天成沒有理會韓梅梅，只是饒有興趣地看著黎顏，「聽說還是莫榛欽點的人，看起來沒什麼特別的地方嘛。」說完，目光落在她手裡抱著的水桶上，「除了力氣大。」

韓梅梅正在想要不要趕快通知唐哥下來時，羅天成又往黎顏的方向走了兩步。

黎顏見他靠過來，猛地舉起手裡的水桶，「你別過來，再過來我就砸人了！」

大廳裡的其餘兩人同時沉默了下來，靜靜地看著那個被黎顏舉過頭頂的水桶。

「……」韓梅梅心想，這位助理小姐太厲害了！竟然能讓羅董無言。

「羅董，來找我的？」唐強不知什麼時候走了過來，韓梅梅看見他，總算鬆了一口氣。

唐強看了一眼舉著水桶的黎顏，抿了抿嘴角，波瀾不驚地道：「妳先把水桶換上。」

「哦，好。」黎顏乖乖地轉身去換水。

「我是來看她的。」羅天成瞟了黎顏一眼，「很精彩的表演。」

「下次來就要收費了。」

聽出了唐強的逐客令，羅天成笑了笑往電梯間走過去。

唐強看了一眼還傻站在一邊的黎顏，「妳跟我進來。」

第五十五章

車禍

黎顏可憐兮兮地看了韓梅梅一眼，韓梅梅對她投以一個愛莫能助的眼神。

吸了吸鼻子，黎顏跟在唐強背後走進辦公室。

沒想到畢業後，她還有機會被請到辦公室裡談心。

在辦公桌前坐下，唐強問道：「妳知道剛才那個人是誰嗎？」

黎顏乖巧地在旁邊的椅子坐下，搖了搖頭，小聲地說道：「不、不是很清楚……」

「他叫羅天成，凱皇的董事之一，也是有名的經紀人。」

「哦。」

「妳剛才是準備用水桶砸他？」

「我只是覺得他有點討厭。」

唐強點了點頭，道：「這點我贊同，他確實很討人厭。」

「……」

「不過他除了討厭外，還是個變態，妳以後看見他最好繞道走。」

「好。」就算是競爭對手，也不用這樣惡意中傷對方吧？

「這段時間和莫榛相處得怎麼樣?」說完羅天成，唐強話鋒一轉，又問起了黎顏的工作情況。

「很、很好。」不知道為什麼，她莫名地有點心虛。

「那就好，莫榛對妳的工作表現很滿意，還叫我把妳的試用期縮短到一個月，繼續努力。」

黎顏愣了愣，他竟然真的跟唐強說了?他沒說月薪五萬的事吧?

她突然覺得有點無地自容。

「對了，既然現在妳是莫榛的助理，以後他買的東西就寄到妳那裡吧，妳家地址是什麼?」

「肯斯尼莊園第三期九號花園。」

為什麼總覺得這個地址聽上去特別耳熟……「妳和莫榛住在一起?」

黎顏有些懵懵地點了點頭，「是啊。」唐先生不知道這件事嗎?她以為這種事必須跟經紀人報備的。

見唐強不說話，黎顏有些心虛地補充道:「是榛……是莫天王讓我搬去的，說這樣便於工作。」

唐強抿了抿嘴角，道：「我知道了，既然妳和莫榛住在一起，那東西還是寄到我這裡吧。」

黎顏應了一聲，收到簡訊的鈴聲就響了起來。

她看了唐強一眼，見他沒什麼反應，才拿出手機看了一眼，「是莫天王，他問我還要多久。」

唐強在心裡冷笑一聲，看著黎顏道：「這邊沒什麼事了，妳回去吧。」

黎顏鬆了一口氣，正打算歡快地跟唐強告別，就見唐強按下通話鍵，「韓梅梅，找警衛上來幫忙把東西搬到停車場。」

「知道了，唐哥。」

掛斷電話，唐強抬頭道：「東西很多，妳開公司的車回去吧。」

「謝謝唐先生。」黎顏硬是擠出了一個很感謝的笑容。

天知道她車都還沒練好啊！就要硬著頭皮上路了嗎？

看著整整齊齊地放在後車廂裡的兩箱零食，黎顏陷入了沉思。雖然說她自考到駕照後就沒再摸過車，可那駕照是貨真價實、自己辛辛苦苦考到的。

雖然不太熟，但凡事總有第一次嘛，現在這個時段車應該比較少，片場那邊又比較偏遠，沒什麼車子。如果開慢一點，應該不會有事吧？

黎顏關上後車廂，坐上駕駛座，還有些猶豫。可是想到莫榛平時那麼忙，自己根本不可能休假去練車，便把心一橫，發動了車子。

她把車從公司開出去時，唐強正在辦公室裡和莫榛通電話。

「你讓黎顏搬到你那裡去住了？」

「嗯，這樣比較方便工作。」

「你這個理由很沒創意也很沒說服力。」

莫榛挑了挑眉，道：「好吧，我在追她。這個理由怎麼樣？」

唐強深吸一口氣，對著電話咧了咧嘴角，「我收回剛才的話，你的第一個理由很好。」

「我真的在追她。」

「……」他可以裝作訊號不好或是沒聽到嗎！

連續做了兩個深呼吸，唐強才使自己的情緒不再那麼激動，「莫榛，黎顏是正經人家的姑娘，你要玩也不要和自己的助理玩吧？」

莫榛抿了抿嘴角，莫名有點動氣，「你覺得我在玩？我從來沒這麼認真過，唐強。」

這一瞬間，唐強腦中閃過了很多問句，只是出口時成了：「你看上她哪裡了？力氣大？」

不管是長相性格還是身材，黎顏都不是最好的，能讓莫天王動了凡心……總不會是看上她力氣大吧？

「……誰會因為力氣大喜歡上一個人？」莫榛在心裡翻了個白眼，「她的一切，我都喜歡。」

「……」唐強再瞄了一眼電話，確認上頭的號碼是莫榛的手機號碼沒錯。

這甜得發膩的人怎麼會是莫天王！

唐強終於還是忍無可忍地摔了電話。

莫榛又在片場等了一個小時，黎顏還是沒有過來。剛才跟唐強通電話的時候，他就說黎顏已經走了，怎麼走到現在還沒到？

忍不住皺了皺眉，莫榛剛想給黎顏打電話，手機就響了起來。

「妳在哪裡？」

「榛榛，我可能要晚一點才能去片場了……」黎顏的聲音很小，聽上去還有點心虛。

「到底出什麼事了？」莫榛下意識地著急起來。

「我剛才出了一點小車禍，現在在醫院……」黎顏說到後面聲音已經小得聽不見了。

心裡一揪，指尖把手機握得死緊，莫榛深吸一口氣，才從喉嚨裡擠出了一句來：「在那裡等我，我馬上到。」

黎顏看著被掛斷的電話，覺得自己可能要倒楣了。

靠在床頭閉目養神了一會兒，黎顏還沒有醞釀出睡意，病房的門就被砰一聲撞開了。

她嚇了一跳，猛地睜開眼睛朝門口看去。

莫榛站在那裡，還穿著劇中的衣服，連臉上眼鏡都沒有摘下來。胸口劇烈起伏著，那氣喘吁吁的樣子一看就知道他有多急忙。

「榛榛……」黎顏看著莫榛，剛才在辦公室面對唐強的時候，她都沒有這麼心虛過。

莫榛沒有說話，只是走到床邊，低頭看著黎顏。

黎顏的心裡越發慌亂，她張了張嘴，連氣都還沒有吐出一口，就被一把抱在懷裡。

「妳是想嚇死我嗎？」莫榛的聲音有些不穩，聽上去悶悶的。

「對不起，我只是不小心撞上了電線杆，有點擦傷而已。」

莫榛的雙手又收緊了幾分，他抬頭盯著眼前的人，「誰允許妳開車的？」

「其實……」她想試著辯解。

「妳以後再敢碰一下車試試？」

「……」她再也不敢了……

確定黎顏沒事之後，莫榛把她從醫院帶出來，載著她和那兩箱零食離開。

路上莫榛一直沒說話，黎顏的心裡很是忐忑。她吞了口唾沫，笑呵呵地問：

「榛榛，我們不去片場嗎？」

「不了，我跟導演請了半天假。」

「哦。」黎顏點了點頭，沉默了一會兒，又不放心地開口道，「榛榛，今天的事可不可以不要告訴唐先生啊？」

莫榛的眉頭動了動，終於回過頭來看了黎顏一眼，「怎麼，妳很在意他？」

「我怕他會開除我……」要是被他知道自己不僅不會開車，還車禍進了醫院，連累莫榛……肯定會被開除的。

莫榛看了她一陣，確定她不是在說謊，才道：「放心吧，他要是敢開除妳，我就先開除他。」

「……」老闆好帥啊！

回到莫榛家時，還不到四點，黎顏興沖沖地想把包裹拆了，看看裡面都有些什麼吃的，卻被莫榛鐵著一張臉趕到床上，直到她睡著，才離開她的房間。

打開冰箱一看，莫榛想了想今天晚上吃什麼後，才拿著剪刀拆了包裹。把東西拿出來放進冰箱，莫榛用手機照了一張照片，走到客廳裡打開電腦。

剛登入通訊軟體，桌上手機就響了起來。看著螢幕上閃爍的唐強兩字，莫榛忍不住冷笑兩聲，「什麼事？」

「我聽說黎顏出車禍進了醫院？」

「我正想問你，聽說是你讓她開車的？」

「……」

「今天晚上我想吃大閘蟹，你過來做吧。」

「……」

結束通話時，唐強心想，他為什麼要打這個電話呢？為什麼！

欺負完唐強，莫榛心裡終於舒服了一點。電腦突然跳出視窗，看來有人敲他。

海綿寶寶：小舅舅，嘟嘟後天就八歲了！你要回來陪我喔！

派大星：嘟嘟這麼快就成老姑娘啦，哈哈。

海綿寶寶：小舅舅討厭，嘟嘟再也不理你了 QAQ

派大星：嘟嘟乖，小舅舅後天帶小舅媽回去給你看好不好？

海綿寶寶：Σ(°▷°|||)～～小舅舅有小舅媽了？

派大星：【害羞】

嘟嘟被震驚在電腦前，整整呆了半分鐘，才轉過頭大喊道：「媽媽！小舅舅找到小舅媽啦！」

第五十六章

禮物

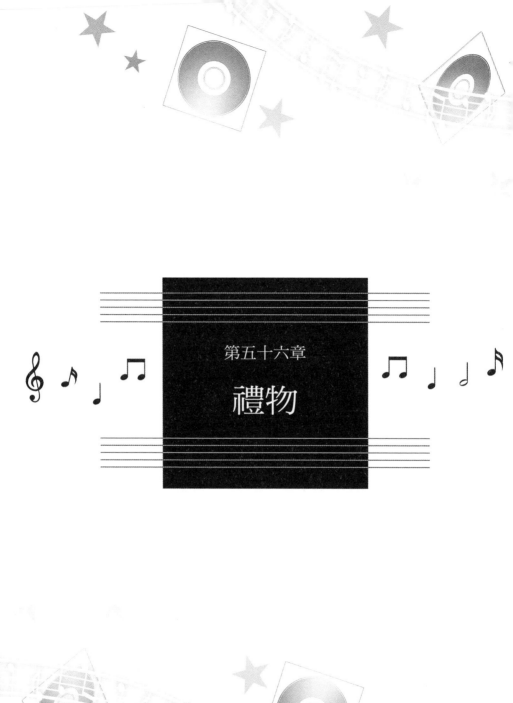

即便相距甚遠，莫榛似乎都能聽見嘟嘟的那聲咆哮。

有些懊惱不該一時衝動就對姪女說了這句話，以他們家人的個性，絕對可以追問個三天三夜。

果不其然，莫姐姐立刻就打過來了。

莫榛無奈地接起電話，跟自己親姐姐講了半個多小時，應付自己家人不比狗仔隊，要合理又不能被拆穿，實在很困難。

好不容易等莫姐姐說得口乾舌燥，莫榛逮著機會果斷地掛斷了電話，就見黎顏從樓上走了下來。

「榛榛。」黎顏剛剛睡醒，臉上的倦意還沒有完全散去，整個人看起來就像一隻懶洋洋的小貓。

莫榛放下有些發燙的手機，走上前去，把她拉到自己身邊的沙發上，「頭還痛嗎？」

那溫柔似水的語氣，讓人忍不住想要撒嬌。黎顏抬眸看著他，點了點頭，「一點點。」

莫榛摸了摸她額頭上的那塊紗布，語氣更柔：「乖，很快就會好起來的，肚子餓了嗎？」

「餓！」

忍不住低笑兩聲，莫榛把桌上一盒未開封的餅乾遞了過去，是剛送到的白巧克力餅乾。「先吃一點墊肚子吧，待會兒唐強會過來做飯。」

「唐先生？」

「有什麼問題嗎？」

「……」沒什麼問題嗎？

黎顏沒想到，唐強真的來做飯了，而且還是在五分鐘之後。當時黎顏手上的那塊巧克力餅乾還沒吃完。

看見唐強進來，黎顏放下手裡吃了一半的餅乾，拘謹地站了起來，「唐董晚安！」

唐強扯了扯嘴角，提著大包小包的東西從門外走進，「妳的傷沒事吧？」

「沒事，只是一點小擦傷。」

唐強偏過頭去看莫榛，只是一點小擦傷就一副要剝了他的皮的樣子？還能再有異性沒人性一點嗎？

事實證明，能。

莫榛摸了摸黎顏的頭，笑咪咪地道：「妳待會兒想吃什麼，就跟唐強說，他什麼都會做。」

「真是承蒙莫天王器重。」唐強抽著嘴角進了廚房。

莫榛看著他的背影，笑容可掬地答道：「不客氣，你應得的。」

完成後，黎顏看著滿滿一桌子的菜，自嘆弗如：「唐董，你好厲害啊！如果以後不幹經紀人了，還可以去開餐廳！」

「……」謝謝啊。

莫榛低笑兩聲，也抬起頭來對唐強道：「到時候開張了，我一定送你一個最大的花籃，唐老闆。」

用得著這樣一唱一和嗎？他唐強也不是沒人要的好吧？有多少明星嫩模想抱上他這顆大樹啊，偏偏有的人把他當廚師用，呸！

莫榛揚了揚眉，看向唐強的眼光意味深長，「唐強，我告訴過你多少次了，內心戲就放在心裡演，不要表現得這麼明顯。」

「……」笑呵呵地站起身來，唐強殷勤地拿過莫榛面前的空碗，「莫天王，我再去幫你添碗飯。」

目送著唐強的背影離開，黎顏艱難地吞下了口裡的白飯，「他真的是唐先生？」

莫榛瞟了黎顏一眼，不答反問道：「妳認識的唐強是什麼樣子？」

……反正絕對不是這樣子。

黎顏笑了笑，繼續扒拉著碗裡的白飯。

「不要只吃飯，多吃點肉傷口才能好得快。」莫榛說著說著，就夾了一塊牛肉到她碗裡。

「謝謝。」黎顏感動得熱淚盈眶，以後誰嫁給榛榛真是好福氣，會勸媳婦兒多吃肉的老公都是好老公！

唐強盛完飯過來，就見莫榛一個勁兒地往黎顏的碗裡夾菜。

真想把他這麼狗腿的樣子拍下來，貼到ＦＢ上去。

而唐強的悲劇就在，他永遠只敢讓它是個想法。

吃完飯後，洗碗的工作自然也落到唐強頭上。用莫榛的話來說，黎顏是傷患，需要休養，而他自己……有明星幫經紀人洗碗的道理嗎？

黎顏看著唐強落寞的背影，連忙道：「我還是去幫幫唐董吧。」

「不用了，妳好好坐著。」莫榛手裡拿著一杯溫牛奶，遞到她面前，「把這個喝了，然後上樓睡覺。對了，明天妳在家裡休息一天吧。」

「那怎麼行！」黎顏雙手捧著玻璃杯，目光炯炯地看著莫榛，「你那麼忙，我怎麼能一個人在家裡休息？我的傷真的已經沒事了，我沒有那麼嬌弱。」

莫榛看著對面的人，面色沉靜如水。她在病床上躺了半年，身體哪有那麼快恢復，現在又出了車禍，雖然傷勢不重，但一定受到不小的驚嚇。

他越想越心疼，最後終於一本正經地道：「放心，我不會扣妳薪水的。」

「……」黎顏心想，根本不是這個問題好不好！

「如果妳不想待在家裡，就出去幫我買個禮物吧，後天是我侄女的生日。」

出去逛逛街，也算是不錯的放鬆。

「你侄女生日？」黎顏似乎對這個話題很感興趣，就連眼睛都亮了起來，「她多大了？」

「八歲。」這段時間太忙，如果不是嘟嘟提醒他，他都快忘了她的生日。

「八歲……」黎顏喃喃自語著，似乎是在思量著八歲的小姑娘送她什麼禮物比較合適，「咦，後天是不是三十號？她和我的生日只相差一天耶！」

莫榛一愣，連忙問道：「妳是四月二十九號生日？」

「不是，我是五月一號。」

莫榛鬆了一口氣，還好，還好，還來得及。

黎顏說到這裡，突然想起什麼似地道：「對了，榛榛，一號那天我可能得回家吃飯。」

莫榛的眸光動了動，點了點頭，「好，不過妳晚上要回這裡來睡覺。」

「為什麼？」

「因為這樣才方便我第二天早上載妳去片場。」

其實，她可以搭計程車去……

「好。」她終於還是屈服在他的美色之下。

得到滿意的答覆，莫榛的嘴角終於又上揚起來。廚房裡的唐強回過頭，剛好目睹了客廳裡這一幕。他嘖了一聲，看來莫榛這次真的栽了……栽得好！

一股幸災樂禍的喜悅在廚房裡瀰漫開來，就算洗碗，他也洗得特別有幹勁！

第二天，莫榛準時去了片場，黎顏約陳清揚出來陪她選禮物。

陳清揚捶了捶痠痛的小腿，賭氣般地抱著包包在路邊長椅上坐下，說什麼也不肯走了。

「大力，你們老闆侄女過生日，還要妳去買禮物，妳這是去當編輯呢還是當保姆啊？」

「呃，」黎顏吸了一口手裡的奶昔，走到陳清揚旁邊坐下，「老闆太忙了，抽不出時間買禮物。」

「那也不關妳的事啊！」陳清揚瞪著好友，「更不關我的事！」

「我不知道該買什麼好嘛……」把陳清揚從椅子上拉起來，黎顏拋出誘餌，「待會兒我請妳吃飯，可以報公帳。」

陳清揚一聽這話就來了精神，「太好了！看我不吃垮你們老闆！」

黎顏撇了撇嘴，繼續朝前走，「我想很難。」

「……」陳清揚無語。

兩人最後選了一件連身裙，雖然沒什麼創意，不過裙子真的很可愛，可愛得她們兩個都想回到八歲那年，穿上這裙子照相了。

選好禮物，兩人就近找了一家壽司店，窩在裡面不動了。

因為這頓可以報公帳，所以陳清揚點起菜來毫不客氣，不用挑最好吃的，挑最貴的就行了。

黎顏看著帳單，心裡有些惴惴不安，會不會下手太狠了？陳清揚還鬧著沒吃飽，要繼續去吃下一家。

黎顏糊了她一臉呵呵後，就提著衣服回了莫榛的家。

莫榛今天回來得比較早，黎顏被開門聲吵醒的時候，抬頭看了看牆上的時鐘，才剛過十二點沒多久。

莫榛一進門就看見坐在沙發上的黎顏，忍不住皺眉道：「不是讓妳不要等我嗎？在這裡睡覺會感冒。」

黎顏從沙發上站起，笑著道：「榛榛，我帶了壽司回來。」

說完，她就跑到廚房去拿出壽司，順便把嘟嘟的禮物和發票一起給莫榛。

「榛榛，我晚上吃得有些多……」黎顏猶豫著，要不要就乾脆不申請公帳了？

莫榛有些忍俊不禁，他接過發票，並從自己錢包中抽出一張提款卡，「這張卡放妳身上。」

「什麼？」

「想想還要妳帶發票回來報帳也太麻煩，這個帳戶我很少用，以後我請妳去買東西的話，妳就直接從裡面領來用吧。」

「……」

「對了，妳不是說密碼用自己的生日不安全嗎？幫我改成724501吧。」

「……」就說新密碼不要告訴她啊！等等，724501？

黎顏的臉騰地紅了，莫榛裝作不明白地靠近，還一臉驚訝地道：「妳的臉怎麼這麼紅？是不是發燒了？」

他說著右手就往黎顏的額頭探去，黎顏胡亂地嚷嚷兩聲，把卡往莫榛懷裡一塞，就狂奔上了二樓。

留在客廳的莫榛笑個不停，逗她真好玩。

第五十七章

家宴

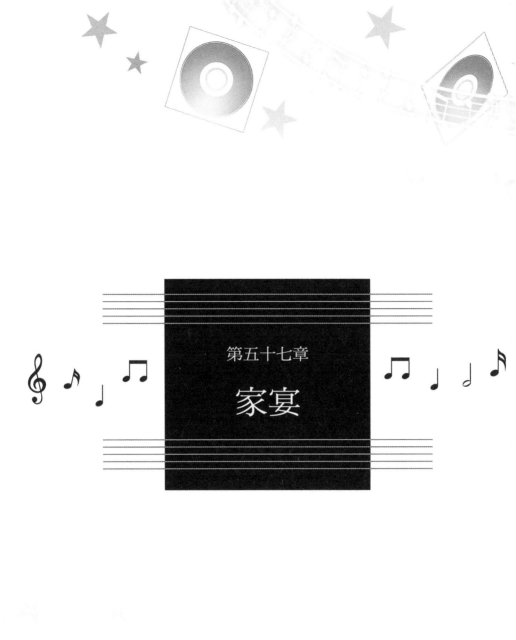

嘟嘟的禮物準備好了，可是黎顏的禮物，他還沒有準備。

逛著女性購物網站，莫天王實在不知道該買化妝品、名牌包、香水鞋子還是衣服。

黎顏平時不化妝，名牌包太貴重，香水鞋子衣服又不知道她喜歡哪款。他在心裡羅列出一條條可能的選項，又一一刪除。

就在他快要放棄，想著乾脆直接到百貨公司挑的時候，一枚鑽戒赫然出現在螢幕上。

戒指？

唔，這個可以考慮看看。

莫榛點進去看了看，第一步的選擇尺寸就把他難倒了。戒指這種東西，果然還是應該帶著人直接去店裡試戴才對。

關掉網頁，莫榛抱著雙臂在電腦前陷入沉思。

過去的他，即使什麼都不做，還是會有很多女人倒貼上來，挑禮物給女孩子這件事……他實在沒什麼機會做。

可是俗話說，群眾的力量很強大，他一個人想不出來，但是人多了總是會找到答案！

嘴角一彎，莫榛上ＦＢ發文。

「問卷調查：生日時你最希望收到的禮物是什麼？」

群眾們積極參與了莫天王發起的話題，莫天王也仔細查看了大家的評論。據不完全統計，現有的一千多條回答中，「榛子」這個答案占了百分之二十，「莫天王」這個答案占了百分之二十，「男神」這個答案占了百分之三十，諸如「躺平的榛子」、「躺平的男神」這種變異版占了百分之十，答非所問表白吐槽的占了百分之十九，最後真正回答他問題的人不超過百分之一。

……現在的粉絲到底是有多飢渴？

莫榛喝了一口放在一旁的牛奶，又有幾條新的留言跑出來。

「一大把年紀了還要學別人追女孩子，你也是蠻拚的。」

「……」這個混蛋他認識，向家公子，前段時間才和他打了一架。

「榛榛，我想要包子娘娘家的湯包，可以嗎～>3<」

「……」他怎麼忘了，黎顏也有加他好友……

就像是做壞事被人抓到一樣，莫榛心虛地退出了ＦＢ。折騰了一整晚，結果還是沒有想到要送什麼禮物，莫榛無奈地嘆了一口氣，不然他以身相許好了。

唔……這個點子不錯，非常不錯。

第二天早上起來時，莫榛的兩隻眼睛下還掛著淡淡的青黑。

黎顏湊近他，大眼睛眨了兩下，關心道：「榛榛，昨晚你沒睡好？」

「沒事。」莫榛撥開黎顏近在咫尺的頭，有些彆扭地往樓下走去，「我今天晚上跟徐導請了兩個小時的假，去嘟嘟家吃飯，妳和我一起去吧。」

「我？」黎顏抬起的右腳僵了僵，「這是你們的家庭聚會，我去不太好吧？」

「沒關係，我吃完飯還要回來繼續拍戲，兩個小時妳也不能一直待在片場吧？」

「唔……」黎顏收回右腳，似乎還在考慮莫榛的話。

莫榛樓梯下了一半，回過頭來看著她，「只是吃個飯而已，就這麼定了。」

「……」她總是不能拒絕莫榛的請求，不管是搬到他家來還是去吃飯，難道是因為他是大獅子而她是小金牛嗎？

想了想平時作威作福的唐強在他面前也只能伏低做小，黎顏心裡瞬間就舒服了。

「那好吧。」她彎著嘴角點了點頭，莫榛的嘴角也跟著揚了起來，滿意地朝樓下走去。

此時遠在公司的唐強忍不住打了個噴嚏，他不明所以地揉了揉鼻子，是不是又有哪個小妖精在想他了？

下午六點，莫榛準時載著黎顏離開了片場，一路上黎顏相當忐忑不安，就像馬上要見公公婆婆的媳婦一樣。

看出了她的緊張，莫榛低聲安慰道：「我家人很好相處，不用擔心。」他的聲音清冽，卻又像電臺的夜間主播，帶著幾分別樣的磁性，讓人一聽就能著迷。

「嗯。」黎顏點了點頭，真的冷靜了不少，就當是吃一頓免錢的大餐吧。

嘟嘟的家在一個普通社區裡，莫榛開車進去時，還能看見散步的老人和嬉戲的小孩。

草坪上的健身器材也沒有閒著，旁邊圍著幾個閒聊的阿姨，似乎是在等著位置。

莫榛一路把車開到最裡面的一棟樓，才找了個位置把車停下來。黎顏看了莫榛一眼，他只戴了個大墨鏡在臉上，她有點擔心他會被人認出來。

「沒事。」莫榛對上黎顏的眼神，順手把外套帽子戴上，安撫似地對她笑了笑，「找準時機衝上去。」

「……」其實當明星也滿不容易的。

站在電梯裡，莫榛還是沒有把帽子脫下來。黎顏側頭看著他，雖然臉幾乎被遮得看不見，但他身上的氣質卻是遮不住的。

這樣出眾的一個人，哪怕是把他丟在熙熙攘攘的火車站，也能一眼被發現。

「榛榛。」黎顏叫了他一聲，發自肺腑地道，「就算認不出你來，你這樣的人走在大街上也很影響治安。」

「……」莫榛姑且把這個當作稱讚。

電梯在十七樓停下，走廊上沒人，莫榛按下的門鈴在安靜的環境中顯得格外突兀。

「小舅舅來啦！」咚咚咚的腳步聲伴著稚嫩的童音靠近門口，喀嚓一聲，一個留著長髮的小姑娘出現在他們面前。「小舅舅親親～」

莫榛笑了一聲，蹲下來在她圓嘟嘟的臉上親了一下。

嘟嘟頓時嬌羞了，就連頭上戴的小皇冠都閃爍了兩下。摟著莫榛的脖子，嘟嘟稍稍一抬頭，就看見站在一旁的黎顏。

「這個就是小舅媽？」

什麼？

莫榛拿過黎顏手上的口袋，遞到了嘟嘟面前，「這是小舅媽給妳買的禮物，看看喜不喜歡？」

「……」黎顏瞪大了眼。

她說什麼？

「哇，好漂亮的裙子！」嘟嘟拉了拉黎顏的手，往她跟前一湊，在她臉上親了一口，「謝謝小舅媽！」

「……」黎顏心想，她是不是中了某種圈套？這和說好的不一樣啊！

「行了，別站在門口，進來再說吧。」莫姐姐走了過來，拿過嘟嘟手上的裙子，眼神卻一直沒有離開過黎顏。

嗯，是個漂亮的姑娘，看起來人也不錯，只是為什麼有點呆呆的？

莫榛看了看黎顏，拉著她往屋裡走，「小孩子不懂事，不要和她一般見識。」

真的是這樣嗎？

從玄關走到客廳裡，黎顏的腦子還有些混沌。客廳的沙發上坐著三個人，看見黎顏的同時望了過來。

黎顏頓時覺得壓力好大，莫榛倒像毫無所覺般，拉著她走到沙發前，介紹道：「這是我姐夫，這是我媽媽，這個……跳過吧。」

「跳過是什麼意思！」被跳過的男人暴躁地從沙發上彈起，他整了整自己衣袖，彬彬有禮地對黎顏道，「你好，我是莫榛的父親，很高興認識你。」

不知是保養得太好，還是本來就娃娃臉，眼前男人讓黎顏看不出他的年紀，但聽他說是莫榛的父親，那應該有五十歲了吧？

他五官的輪廓和莫榛很像，即使到了這個年齡，也還算是很帥的。黎顏對他禮貌地笑了笑，自我介紹道：「叔叔好，我叫黎顏，我是莫榛的助理。」

對方的臉色微妙地變了變，看向莫榛的時候還帶上幾分輕視——原來還沒追到啊，你也好意思說人家是嘟嘟的小舅媽，真是浪費了那副繼承於我的好皮囊。

讀懂了他的眼神，莫榛眼裡閃爍著星光一樣的笑意——聽說我長得比較像我媽。

呸！男人驕傲地抬起頭。

「黎小姐，不要一直站著了，過來坐吧。」莫媽媽站起身，笑得溫婉動人。

黎顏的眼睛亮了亮：「阿姨和莫榛長得真像，都是大美人呢！」特別是眉宇間那股氣質，簡直如出一轍。

被人這麼直白的誇獎，莫榛媽媽捂著嘴低笑兩聲。

黎顏的眼睛又亮了亮，哦，捂嘴的樣子也很迷人呢！只是旁邊的莫爸爸怎麼臉色這麼差？

莫榛嘴角抿著笑，把黎顏拉到一旁的沙發上坐下。

嘟嘟走到莫榛跟前求抱抱，莫榛順手撈起嘟嘟放到自己腿上。

嘟嘟摟著舅舅的脖子，開始跟他告狀：「小舅舅，同學們都不相信你是我的小舅舅，他們說我們姓都不一樣，你不可能是我小舅舅。」

「……」

「小舅舅，為什麼嘟嘟要跟爸爸姓呢，嘟嘟也想姓莫。」

「……」黎顏心想，旁邊的嘟嘟爸爸臉色也變差了呢。

「好了，嘟嘟不要胡鬧。」莫姐姐把嘟嘟從莫榛腿上抱下來，「嘟嘟這麼纏著小舅舅，小舅媽會吃醋的，那是小舅媽的位置。」

莫姐姐，您這麼教育孩子真的沒問題嗎！

莫榛忍著笑拍了拍自己的腿，對黎顏道：「妳要不要坐上來試試？」

……還是留給嘟嘟吧。

嘟嘟賴在媽媽的懷裡，眨著大眼睛道：「我們班好多女孩子都說長大以後要嫁給小舅舅，小舅媽是不是也會吃醋？」

「會，所以嘟嘟要告訴她們，讓她們別打小舅舅的主意了。」

姐姐這樣教育孩子真的沒問題嗎？旁邊的爸爸說句話吧！

「好吧，嘟嘟知道了。」

喂，別那麼乾脆地答應啊！

黎顏的內心在抓狂，莫榛已經在旁邊笑得直不起腰了。

第五十八章

國粹

為了配合莫榛的時間，這頓晚飯是莫姐姐下午就開始準備的，她時間算得很準，最後一道菜剛上桌，莫榛就按響了門鈴。

看著莫姐姐在廚房裡忙活，黎顏連忙上前幫忙端菜。嘟嘟見媽媽一走，又賴到莫榛身上，「小舅舅，你以後會不會只疼小舅媽不疼嘟嘟了？」

莫榛笑著掐了掐她粉嫩嫩的臉，「當然不會，以後不僅有小舅舅疼嘟嘟，還有小舅媽疼嘟嘟，嘟嘟賺到啦。」

嘟嘟往莫榛的身上爬了爬，在他的腿上跪了起來，「真的嗎？」

「真的。」莫榛摟著嘟嘟的腰，生怕這個小傢伙摔了下去，「嘟嘟喜歡小舅媽嗎？」

「喜歡，小舅媽選的裙子比媽媽選的裙子好看多了。」

「噗。」莫榛忍俊不禁，「這話千萬不要讓媽媽聽見，她會吃醋的。」

「噢。」嘟嘟點了點頭，仰起小腦袋，一雙烏黑的眼睛圓溜溜地看著莫榛，「小舅舅，小舅媽長得真好看，臉蛋還滑滑的，親上去好舒服哦。」

莫榛有點心癢癢，「真的嗎？」

「真的，難道小舅舅沒有親過嗎？」

「……」莫天王遭受會心一擊。

「嘟嘟，怎麼又黏到小舅舅身上去了？過來洗手準備吃飯了。」

「哦。」嘟嘟從莫榛身上下來，噠噠噠地朝媽媽的方向跑去了。

當黎顏端著一盤糖醋排骨從廚房裡出來時，就見莫榛一個人坐在沙發的一端。

咦？怎麼連榛榛臉色也變差了？

嘟嘟在一旁踮著腳尖洗手，莫姐姐則看了一眼身旁的黎顏，笑著道：「黎小姐，雖然我弟弟的職業有些特殊，但他可是很正經的，這還是他第一次帶女孩子回家呢。」

黎顏被她說得有些不好意思，哈哈笑了幾聲贊同道：「老闆他對下屬也很好很照顧。」

莫姐姐噗哧一聲笑了出來，「那是妳不知道他之前換了多少個助理。」

為什麼姐姐妳知道？難道莫榛每換一次助理都會跟妳報備嗎？

莫姐姐湊近黎顏，壓低聲音在她耳邊道：「莫天王的八卦，我知道很多喔。」

「……」黎顏心想，幸好她是獨生女。

晚餐擺了滿滿一桌，中間放著一個水果蛋糕。吃飯前，莫天王為嘟嘟獨家演唱了一首生日快樂歌，樂得嘟嘟臉上都笑開了花。在燭光中閉上眼，嘟嘟一臉虔誠地許願：「希望嘟嘟長大後也能嫁給一個像小舅舅一樣帥的人。」

呼，蠟燭被吹滅。

屋裡重新亮起了燈，莫榛有些苦惱地看著嘟嘟，「嘟嘟這個願望恐怕不好實現啊。」

「為什麼？」嘟嘟的表情頓時變得非常委屈，「小舅舅覺得嘟嘟嫁不出去嗎？」

「不是，是很難再找到一個像我一樣帥的人。」

「……」連嘟嘟都說不出話來了。

「榛榛，吃個青椒開開胃。」黎顏從菜裡挑了塊青椒，夾到莫榛碗裡。

「……」不想吃。

不理會莫榛控訴的眼神，黎顏又夾了一隻雞腿到嘟嘟碗裡，「嘟嘟吃雞腿。」

「謝謝小舅媽～」嘟嘟甜甜地應了聲，又湊過來在黎顏臉上親一口，「小舅媽以後不疼小舅舅了，只疼嘟嘟好不好？」

「好，小舅舅欺負嘟嘟，我們不理他了。」女生同盟瞬間成立。

「……」小舅媽這個角色會不會代入得太快太徹底了？

「老婆，你也吃個雞腿。」莫爸爸夾起另一隻雞腿放到莫媽媽碗裡。

莫姐姐見狀，也笑咪咪地夾了一大筷子的菜到老公碗裡。

「……」莫榛見狀，心想說這是什麼意思？放閃光給他看？

他瞬也不瞬地盯著黎顏，大有妳不給我夾菜我就餓死給妳看的架勢。

黎顏頂不住他炯炯的目光，終於妥協地夾了個鴨脖子到他碗裡，「鴨脖子肉多，慢慢啃。」

莫榛的內心流淚了。

晚飯後，莫榛載著黎顏趕回片場，一路上，莫天王一直黑著臉，堅決不看黎顏也不和她說話。

「榛榛？」黎顏嘗試著喚了聲。

哼，就不理妳！

黎顏眨了眨眼，往他的方向靠了靠，「榛榛，你吃飽了嗎？」

「妳光啃鴨脖子能啃飽嗎？」莫榛終於回過頭，似笑非笑地看著她。

「你又不是只啃了鴨脖子……」黎顏撇了撇嘴，她可是親眼看到他把自己夾給嘟嘟的雞翅又從嘟嘟的碗裡夾出來，再放進了嘴裡。

莫榛輕笑一聲，決定不再跟她一般見識。

回到片場時剛好八點三分，莫榛連氣都沒有喘一口，就被化妝師抓去補妝了。黎顏坐在一旁也沒什麼事做，就玩起了手機。

時間一分一秒地流逝，也不知是導演第幾次喊卡了，莫榛有些疲倦地揉了揉太陽穴，走到了休息區。

黎顏已經有些昏昏欲睡了，見莫榛過來，連忙打起精神遞了杯溫水過去。

莫榛接過水杯抿了一小口，抬頭淡淡地看她一眼，「生日快樂。」

「啊？」黎顏還有些沒反應過來，那邊導演又在喊大家集合了。

莫榛放下水杯走了過去，黎顏掏出手機看了看，零點三分。

已經五月一日了。

榛榛是第一個跟自己說生日快樂的人呢！

黎顏抬頭看了看在攝像機前皺著眉頭的莫榛，嘴角彎出一個好看的弧度。

之後陸陸續續收到許多祝福簡訊，黎顏想不明白，大家晚上都不用睡覺嗎？她可是想睡沒得睡呢。

快要兩點時，導演終於大發慈悲地讓他們回家了，黎顏看著一臉倦容卻還要自己開車的莫榛，又於心不忍了，「榛榛，我果然還是想練練車。」

這句話就像是一個開關，莫榛的神色陡然凌厲起來，「我說過，妳再敢碰車試試。」

「……」黎顏心想，嗚嗚，又威脅她……

到家以後已經快兩點半了，黎顏一邊洗澡一邊嘆氣。自從做了這個工作，每天都要熬夜不說，還總是要加餐，不僅皮膚不好，連體重也要不好了。

可她還是忍不住想吃。

從樓上悄悄摸進廚房，黎顏只開了廚房的一盞小檯燈，打開冰箱開始覓食。

「你在找什麼？」

莫榛的聲音突然從旁邊傳來，驚得黎顏猛然關上冰箱門。

「沒、沒什……」最後的那個麼字，黎顏實在沒辦法說下去了。

莫榛剛洗完澡從樓上下來，頭髮都還濕漉漉的，肩上隨意地披著一條白色毛巾，似乎前一秒還在用它擦拭濕髮。下半身裹著一塊浴巾，只剛好遮住了重點部位，兩條修長的美腿根本一覽無遺。

不不，要說一覽無遺，上半身才是……你能不能把衣服穿上啊！如果不是搭在肩上的毛巾就露點了啊！

黎顏微微張著嘴巴，手裡的餅乾啪一聲掉在地上。

提問：當男神以這種姿態出現在你面前的時候，你該怎麼做？

莫榛看著黎顏緋紅的雙頰，情不自禁地勾了勾嘴角，美人計果然還是很好用。

「妳怎麼了？」像是完全不知衣不蔽體的羞恥，莫榛好奇地看著黎顏，往她的方向走了一步。

黎顏就像是被電擊一般，全身汗毛都豎了起來，「你、你別過來啊！」

莫榛停下腳步，眨了眨眼，眼波流轉，「如果我一定要過去呢？」

那、那我就……撲倒你！

黎顏的呼吸有些急促，心就像兔子一樣活蹦亂跳，大腦都快在這血脈賁張的畫面中缺氧了。不，不行，讓她先冷靜一下！

黎顏正想逃開，莫榛已經走到了她的面前。因為只開了一盞小檯燈，黎顏並不是很看得清楚，可是這種猶抱琵琶半遮面的美感，反而讓對方看起來更誘人。

求求你別再靠過來了，我真的會撲倒你的，嗚嗚。

黎顏退無可退地被抵在飯桌前，莫榛一手撐在桌上，一手輕輕攬住她的腰，「對不起，我忘記幫妳準備生日禮物了。」

他的語氣是那樣輕，唇齒間還殘留著漱口水的味道，唔，檸檬味的。

「沒、沒關係……」黎顏本想用雙手抵住莫榛的胸膛，但在碰到他光裸的皮膚後，又觸電一般彈了回來，不穿衣服簡直是犯規啊！

「你能把衣服穿上嗎？」黎顏心中悽楚無限，如果待會兒她真的獸性大發，絕對是他的錯。

「我不知道妳在下面，我只是下來喝口水的。」他靠得那麼近，嘴唇都要貼到黎顏耳朵上了。

那就麻煩你快點喝了上去睡覺啊！

黎顏的耳朵像被火燒了一樣紅，莫榛低笑一聲，忍住一口咬上去的衝動，又將人往懷裡帶了幾分，「妳的禮物……妳覺得我怎麼樣？」

妳覺得我怎麼樣？

這簡直是個魔咒，黎顏的心神在一瞬間就被擊得灰飛煙滅。莫榛的眸色沉了沉，低頭輕柔地在她側臉上落下一吻。

這個人好像已經完全傻掉了，就算自己為所欲為，她也不會反抗吧？

上。

可惜莫天王錯估了形勢。

黎顏不知是受了什麼刺激，突然大叫一聲，推了莫天王一把，把他按在桌子上。

局勢完全反了過來，黎顏的手按著莫榛的肩膀，黑髮也因她彎腰的動作掃在莫榛身上，有點癢。

「這可是你逼我的。」

「……」莫榛看著越靠越近的某人，悲痛地制止了她接下來的動作，「等等，我好像閃到腰了。」

黃曆曰，今日不宜行房。

第五十九章

許願

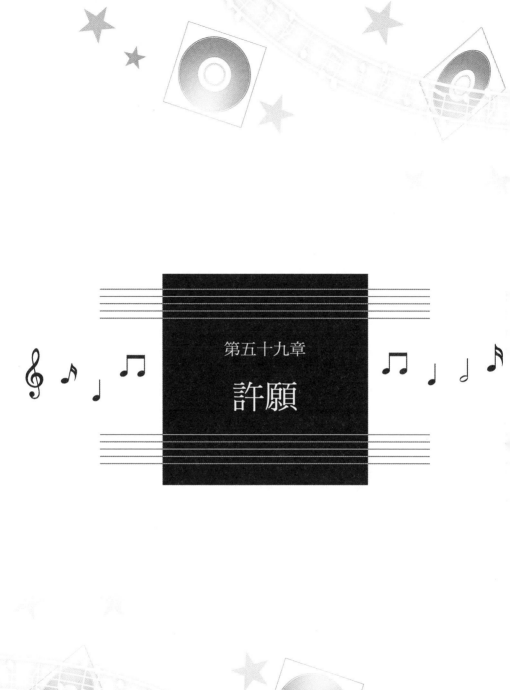

閃到了腰是大事，是事關一輩子幸福的大事。

黎顏不敢怠慢，忙不迭地把莫榛扶到沙發上，讓他在上面平趴下，又從電視櫃裡翻出藥酒，按照說明書上的指示開始給莫榛按摩。

兩隻手剛放到莫榛腰上，莫榛就忍不住嗯了一聲，連身體都是一顫。

黎顏嚇得連忙收回手，「怎麼了，很痛？」

「不是……」是有點舒服……

「那我繼續了？」黎顏的手輕輕地搭在他腰上，她以前跟媽媽學過一點按摩，現在一邊回憶著手法，一邊控制著力道，在他腰上按捏起來。

莫榛閉著眼睛，感受著一雙柔軟的手不停地在自己身上揉揉按按，四處游走，簡直就是在……撩撥。

最糟糕的是，隨著黎顏那雙手越來越往下，他覺得自己的身體……好像起了一些不該起的反應。

幸好現在是趴著。

莫榛把頭埋進枕頭裡，嘴唇抿得死緊，生怕聲音洩漏了他難耐的情緒。

「這個力道還好嗎？」黎顏一邊盡職盡責地在莫榛腰上按著，一邊詢問著他的意見。

莫榛的喉頭動了動，從齒縫裡擠出一個字：「嗯……」聲音低低悶悶的，從枕頭裡傳出來還有些失真，卻性感得要死。

黎顏的臉微妙地紅了紅，手上動作倒是沒停，「對不起……」剛才要不是她那麼大反應，他也不會閃到腰了。

莫榛沉默了一會兒，才偏了偏腦袋，露出半張臉，「妳知道腰對男人來說是很重要的嗎？」

「這個……」

「妳弄傷了我寶貴的腰，一句對不起就完了？」

「那你還想怎麼樣？」

「妳至少要補償我。」莫榛回答得飛快，就像在等著她這麼問一樣。

黎顏的嘴角抽了抽，隱約有些不好的預感，「怎麼補償？」

「肉償。」

她什麼也沒聽見。

「榛榛。」黎顏突然在身後叫了莫榛一聲，莫榛被按得很舒服，只懶懶地回了她一個嗯字。

「我剛剛查了查，閃到腰後最好不要做會動到腰的事情。」

會動到腰的事情。

莫榛這下連想死的心都有了。

按摩了半個小時，莫榛不該有的反應漸漸消了下去，黎顏的手也到極限了。

看了一眼在旁邊放鬆手臂的黎顏，莫榛覺得必須儘早處理一下腰的問題。

「妳打給唐強，讓他明天幫我安排一個物理治療師。」

「好的。」黎顏看了看時間，現在都半夜三點多了，唐強肯定睡了，還是明天再打吧。

兩人各自上了樓，黎顏又不放心地交代了幾句，才回了自己房間。

躺在床上，卻怎麼也睡不著。

只要一閉上眼睛，腦裡浮現的全是莫榛肌理漂亮的皮膚，修長筆直的雙腿，還有燙得灼人的呼吸。

人間煉獄，簡直是人間煉獄啊！比床頭上那張半裸海報還要煉獄！

猛地從床上坐起，黎顏拿過手機翻出唐強的號碼，撥了出去。

唐強的電話沒有關機，黎顏聽著電話裡的嘟嘟聲，耐心地等著對方接聽電話。在電話快要自動掛斷的前一刻，唐強終於接起來了。

「什麼事？」

他的聲音聽上去很不好，透著濃濃火氣和不耐煩。

黎顏彎了彎嘴角，就連聲音都甜了不少：「唐先生，莫天王他剛才不小心閃到腰，請你明天幫他預約一位物理治療師。」

「……」唐強心想，這是做得有多激烈啊！連腰都閃到了！

唐強沉默許久，才艱難地吐出了三個字，「知道了。」

「唐先生晚安。」黎顏心滿意足地掛斷電話，只留唐強一人獨自在電話那頭苦惱。

這件事一定要現在說嗎？他們自己爽了，還不讓他睡覺？

唐強猛地關上手機，往旁邊一扔，一裹被子重新栽回床上。

第二天一早，黎顏洗漱完畢走出房間時，莫榛已經坐在下面吃早餐了。那高貴優雅的樣子，一點也不像閃到腰的人。

「榛榛早。」黎顏打著哈欠，在他對面的空椅子上坐了下來，「你的腰好一點了嗎？」

聽到「腰」這個字，莫榛的臉色就沉了沉，「好多了，應該不會影響今天的拍攝。」

只是影響了他的性福生活。

「那就好，你一定是平時缺少鍛鍊，所以骨質才會這麼疏鬆。」

「……」完全是因為妳力氣太大又撲得太突然了好嗎！

雖然在心裡這麼吐槽，但莫天王還是決定等腰好了以後，每天至少鍛鍊一個小時，徹底杜絕這種悲劇的發生。

見莫榛只顧著悶頭吃東西，黎顏這才留意到桌上擺著一籠精緻的包子，「包子娘娘家的湯包！榛榛你什麼時候買的？」

「今天早上。突然很想吃就去買了。」他早上特意早起，就為了去買這籠湯包。「妳喜歡吃就多吃一點吧。」

不過黎顏真的很高興。

「榛榛你真好！」

莫榛的眸光微動，有些不自然地拿起旁邊的牛奶喝了一口，「我可是頂著骨質疏鬆的腰去買的，妳一句謝謝就把我打發了？」

黎顏啃完手裡的包子，才看向莫榛，「那你想怎麼樣？」

「至少得親我一口。」

他本是隨口一說，沒想到黎顏真的從椅子上站起來，走到他身邊，長髮從他鼻尖掃過，柔軟的觸感已經從側臉上傳來，「謝謝榛榛。」

她的聲音柔軟，像裹了一層砂糖般，甜美得不可思議。

莫榛愣了一瞬間，見對方轉身就走，幾乎是下意識地抓住了她的手，往後一帶，黎顏就順勢跌坐在他懷裡。

黎顏似乎受到了一些驚嚇，身體微傾，靠在他胸前。佳人在懷，莫榛的嘴角情不自禁地揚了起來，連腰似乎都不那麼痛了，「那我說的肉償呢？」

「……」先醫好你的腰再說吧。

把黎顏的沉默當做默許，莫榛心情好得就連懷裡的人掙開了自己的懷抱起身離開，也沒有加以阻止。

像是算好時間一樣，唐強的電話在最後一個湯包被黎顏解決後播來了。

莫榛接起電話，唐強聽到他的聲音，自動開啟嘲諷模式：「我說莫天王，都一把年紀了，就不要學年輕人玩得那麼瘋，弄殘了自己的下半輩子要怎麼活？」

莫榛不用問也知道他腦補了什麼，雖然和他想得差不多，但其實有著本質的區別。

不過莫榛並不打算解釋。

「理療師約好了嗎？我下午還要拍戲。」

「約好了，你現在就可以直接過去。」唐強頓了頓，又不放心地追問道，「你的傷嚴重嗎？會不會影響黎顏下半輩子的幸福？」

「不用你操心。」莫榛的聲音帶著寒意，唐強似乎能想像他咬牙切齒的表情，「撿好自己的肥皂就行了。」

「……」唐強心想，所以他就說不要讓莫天王上一些亂七八糟的網站！

莫榛掛斷了和唐強的電話，就載著黎顏去了理療中心。

黎顏還是第一次來這種地方，聽說裡面的理療師都是國內最厲害的，一般預約都已經排到好幾個月之後了。

不過通常這種地方，不管修得再高級，也會給人一種不好的印象，比如說提供某種特殊服務。

這種感覺在黎顏看到對面那個漂亮的理療師時達到了顛峰。

「莫先生您好，請跟我來。」

漂亮的理療師對莫榛勾了勾唇，笑得無可挑剔。

莫榛微微點了點頭，臉上的大墨鏡遮住了半張臉，理療師小姐無法讀出他的表情。

回頭看了一眼黎顏，她抱著包包站在原地，看起來有些氣鼓鼓的。

莫榛的眉頭動了動，像是明白了她在氣什麼一樣，嘴角不自覺地翹起，「妳也一起來吧。」

這話一出口，理療師小姐的臉色就變了，她確實是一名頂尖的理療師，但她同時也是一個女人，她並不介意在為莫榛服務的過程中跟他發生點什麼。

畢竟，很少有女人能夠拒絕這樣優質的男人。

黎顏跟著莫榛一起去了理療室，這裡環境很好，甚至還提供免費網路。理療師正在幫莫榛調整，但是因為黎顏在這裡，動作似乎有點放不開。

黎顏朝他們的方向看了一眼，見莫榛乖乖趴在那裡，便拿出手機逛起論壇。

「生日的時候在莫天王的FB下許願，希望能收到包子娘娘家的湯包，結果真的收到了！感謝萬能的莫天王！」

把早上照的湯包貼上去，黎顏興高采烈地發表了這則文章。

不知是因為標題太有爆點，還是貞子這個ID太具有傳奇色彩，這篇文章很快就出現在論壇首頁。

等莫榛做完理療登上FB時，他被突如其來的大批量留言嚇到了。

「希望莫天王保佑我順利ALL PASS，阿門！」

「莫天王，我明天準備跟男神表白，跪求男神不拒絕 QAQ」

「萬能的榛子，我的專業書找不到了，求保佑我在上課前找到！」

「萬能的榛子！我希望我的第二胎是個女兒，不要再生兒子了！」

第六十章
頒獎

莫榛看到被轉貼的文章，終於找到自己被當成許願池的真相。

要是他真的那麼靈驗，還需要做理療嗎！直接保佑自己的腰馬上好不就行了！

可是見大家玩得這麼高興，莫天王也一時興起地登入了FB。

「需要許願的朋友請統一在這條FB下留言，我看到了以後會視情況決定保不保佑你們的。:)」

莫榛貼完這句話，還把它置了頂。接著登上吃梨子的帳號，在這條FB下留言：「希望我能早日吃到梨子，阿門。」

不過許願池確實掀起了一陣熱潮。每天都有粉絲路人到這裡來許願，就連圈裡的好多明星，都跟風玩了起來。

這條FB一時之間風頭無兩，幾乎每天都能在熱門FB排行榜上看見它的身影，就連莫榛的粉絲數量也在短時間內激增了好幾萬。

唐強看著莫榛那慢慢上漲的粉絲數量，嘖了一聲。

莫天王可以啊，看這自我行銷做得多棒，公關部的同事在他面前都該自慚形穢了。

黎顏也看見了莫榛瘋漲的粉絲數量，她抬了抬頭，問對面的人道：「榛榛，你買這些粉絲花了多少錢？」

「……」莫榛無語，他哪裡買粉絲了？這些明明都是因為他的人格魅力而喜歡上他的粉絲！

關鍵是，他不知道怎麼買粉絲！

莫天王哼哼了兩聲，繼續看著大家的願望，他覺得自己就像是在批閱奏摺的聖誕老人：「對了，明天頒獎唐強會陪我去，妳就回家休息一天吧，不過晚上還是得回來睡覺。」

黎顏看了他一眼，對於在哪裡睡覺這個問題，莫天王似乎十分在意。就像上次自己過生日，回家吃了晚飯後還和朋友一起去了KTV，她們唱歌唱到半夜三點，可是黎顏回來的時候，莫榛竟然還坐在客廳裡等她。

「知道了，我會早點回來的。」經過上次的事，黎顏不敢再玩到兩三點回來，倒不是擔心別的，只是不想莫榛為了等她而一直不睡覺。他白天拍戲有多辛苦，她比誰都清楚。

「榛榛，明天的頒獎禮要加油哦，雖然我覺得你一定會得獎。」莫榛因為《上帝禁區三》的高森一角，再次被提名最佳男主角，最近各大媒體都在瘋狂猜測這次的得獎者。

莫榛抬起頭看著她，「如果我得獎了，妳打算怎麼幫我慶祝？」

他的聲音裡帶著淡淡的笑意，嘴角也彎起一個恰如其分的弧度。

「還能怎麼慶祝，通常都是開香檳吧？但話說回來，根本輪不到我幫你慶祝吧？」如果莫榛得獎，公司一定會幫他大肆慶祝的。

莫榛還是看著她，笑容漸漸變得曖昧起來，「不如……就上次說的肉償吧，反正我現在腰也好了。」

「……」她明天還是在家裡玩通宵再回來吧。

雖然黎顏難得的有了一天休假，莫榛卻忙得不可開交，在趕去頒獎典禮現場的前一刻還在拍戲。

黎顏和陳清揚坐在電視機前，激動地等著頒獎典禮的現場直播。

陳清揚看了看時間，手指飛快地在鍵盤上敲擊著，「真是的，妳一放假我就沒時間更新文章。話說，你們老闆還真會挑時間放假。」

黎顏啃著嘴裡的雞翅，眼睛一直盯著電視，「妳又不是沒休息過，裝得這麼勤勞給誰看？」

「如果連更的話，會有全勤獎勵啊，我難得想拿一下嘛。」陳清揚手指敲得更快了。

「哦。」黎顏啃完一個雞翅，又拿起另一個，「希望妳在莫天王出場前能打完。」

陳清揚心中慘叫了一下，鍵盤的敲擊音變得更加快速。

「親愛的觀眾朋友，頒獎典禮馬上就要開始了，我們可以通過攝影機看到，現場已經聚集了很多的媒體和各界人士。今年的頒獎典禮可謂是星光閃耀，除了有因國際大片《上帝禁區三》而被提名的莫榛，也有閻樂賢、蕭宛煙這樣的電影新貴。今年入圍的電影多達三十七部……」

女主持人口若懸河地做著開場白，黎顏下意識地坐直，「啊，要開始了。」

陳清揚忙裡偷閒地瞄了一眼電視，然後又繼續更文。「怎麼又是這個女人主持？上次莫榛參加典禮時，她問了莫榛好多私人問題，那眼神簡直是想把他一口吃下去。」

黎顏眨了眨眼，回過頭看著好友，「私人問題？你們不是就愛聽這些嗎？」

「關鍵是那個主持人的眼神啊！要不是她旁邊的男主持人拉著她，她簡直要直接撲到莫天王身上了！」

「不至於吧。」黎顏擦了擦油膩膩的手，目光又回到電視前，「這麼多攝影機還有觀眾，她不敢亂來的。」

「妳懂什麼！」儘管敲擊鍵盤的聲音不絕於耳，陳清揚還是可以抽空數落黎顏。「現在這些人為了出名什麼事都做得出來，說不定她今天又有新招呢。」

「哦。」黎顏淡淡地哦了一聲，就見第一個明星已經走上了紅毯，「啊，有人過來了。」

陳清揚猛地敲下回車，長長地呼出一口氣，「總算趕上了。」連錯字都來不及檢查，她直接上傳稿子了。

看著新章節在頁面上跳出來，陳清揚才放心地把目光移到電視前，「妳覺不覺得那個女明星近幾年越來越難看了？難道是拉皮失敗？」

黎顏手裡抱著靠枕，「她是誰？」

「就是剛剛從紅毯上走過去的女人。」

「之前還有媒體傳她和莫榛疑似姐弟戀，看看媒體有多誇張！」

「……」實在沒印象。

「……」難怪清揚對那個女星有這麼深的敵意。

陳清揚還在一旁碎念，突然電視中傳出一陣尖叫聲，她屏住呼吸，一把抓住了黎顏的手臂。

「莫天王！」女主持因激動而有些走調的聲音傳來，黎顏的眸光動了動，就見一輛高級轎車停在紅毯前。

在現場觀眾熱情的尖叫和媒體瘋狂的閃光燈下，車門打開了，莫榛從車上走了下來。

這一刻，黎顏第一次深切的感受到，他真的是一個天王巨星。

莫榛今天一身黑色西裝，裡面配著淺灰色的襯衫和酒紅色的領帶，看起來就像一個優雅的貴族。即使在狂風驟雨般的閃光燈下，也能露出最完美的微笑。

「啊啊啊啊啊！」陳清揚差點沒激動得在房間裡跑了起來，「他剛才對我笑了。」

「他是在對鏡頭笑。」

「啊啊啊啊怎麼辦，莫天王好帥啊！」沉溺在莫天王美色之下的陳清揚，已經完全失去了理智。

黎顏撇了撇嘴角不再理她。

莫榛走在紅毯上，時不時停下來讓媒體拍照。女主持人激情的聲音又從畫面中傳了出來：「這已經是莫天王第三次參加了，就在前一刻，媒體還在猜測他今晚會跟誰一起出席，事實卻是——莫天王依然沒有帶女伴，第三次獨自踏上了紅毯！」

聽到這裡，黎顏歪著腦袋想了想，沒有女伴還有男伴嘛，唐強不是跟他一起去的嗎？如果很寂寞，可以讓唐強跟他一起走紅毯嘛。

獨自前往典禮現場的唐強邊開車邊打了個噴嚏，覺得一陣冷顫。

誰在說他壞話？

此時，莫榛定點給媒體拍完照後，女主持人就迫不及待地到他身旁，「莫天王，為什麼你還是沒有帶女伴呢？是找不到合適的人選，還是刻意避嫌呢？」

黎顏的嘴角抽了抽，問得真是簡單明瞭啊，好歹加點其他字句修飾一下吧。

莫榛的臉色倒是沒什麼變化，似乎是早就習慣了這類問題，仍是維持著微笑，「沒有人願意做我的女伴啊，我想約的人都成了別人的女伴。」

信他說的話就是笨蛋。

女主持人也不是這麼好打發的，繼續追問：「莫天王之前都想約誰呢？」

「我本來想約秦柔姐的，可惜被高逸搶先了一步。」

女主持人的熱情明顯被打擊了一下，這個答案……真是毫無爆點啊。

秦柔是凱皇的老牌藝人，跟莫榛是前後輩關係，而且他還在秦柔的名字後面加了姐字，很明顯就是沒有任何意圖。

而高逸跟秦柔是電影《南街天燈》的男女主角，兩人一起被提名，會一同來參加頒獎典禮是再正常不過了。

莫天王這個答案，真是安全得滴水不漏。

女主持人見跟莫榛打太極沒用，決定直奔主題，「莫天王在感情方面有什麼進展嗎？媒體和粉絲都很關心這個問題呢。」

「哼！是妳自己關心吧！」陳清揚話雖這麼說，耳朵卻豎了起來。

莫榛對著鏡頭想了想，然後露出一個和剛才有些不同的、淺淺的笑容，「我好像遇到了喜歡的人。」

第六十一章

試探

陳清揚以手舞足蹈的姿勢僵在電視前，就連現場不斷閃爍的鎂光燈，似乎也中斷了一下子。

接著便是比剛才更加瘋狂的閃光，排山倒海地席捲了整個會場。

陳清揚內心的咆哮絕對比現場觀眾更失控，她衝到黎顏面前，本想抱著她猛搖兩下，以宣洩滿腔的憤怒情緒，卻發現黎顏還愣愣地看著電視裡的莫榛。

陳清揚的手化抱為拍，重重地搭在好友肩膀上，「大力，沒想到妳對莫天王的感情已經這麼深厚了，想哭就哭出來吧，我不會嘲笑妳的。」

黎顏抿了抿嘴角，終於將視線從莫榛臉上移開，看向一臉悲憫的陳清揚，「我只是在想，要是他說的是我該怎麼辦？」

「……」快醒醒啊大力！

她走到黎顏身旁，盤腿在沙發上坐了下來，「別鬧了，我也覺得他說的是我啊。」估計還有成千上萬的人都這麼覺得。

電視機裡的女主持人還在不停地追問，莫天王只是淡然地笑著，沒再說話。

莫榛這不知是有意還是無意的一句話，成為了整個頒獎典禮的高潮，就連之後宣布獲獎名單時，都無法讓現場觀眾像剛才一樣激動。

「莫天王心有所屬了，感覺再也不會愛了。」——雖然頒獎典禮還沒有正式開始，但是這個話題已經以迅雷不及掩耳的速度占領了各大論壇和FB。

陳清揚遭受到相當大的打擊，整個頒獎典禮都看得渾渾噩噩的，直到頒獎嘉賓走上臺，準備公布這一屆的最佳男主角。

黎顏也忍不住緊張起來，這種感覺就像回到了小學時，老師在講臺上公布每個同學的分數。

「終於到了激動人心的時刻，即將為您揭曉的是第五十三屆最佳男主角一獎。本屆的競爭可謂是異常激烈，三十七部被提名的優秀影片，其中不乏諸多黑馬……」

主持人絮絮叨叨地說著開場白，在陳清揚快要失去耐心時，頒獎嘉賓終於走上了舞臺。頒發最佳男主角一獎的是上一屆的影帝關然，他走上臺時觀眾席上發出了一陣小小的尖叫聲。

關然微笑著跟大家打了個招呼，便拆開了手中的紅色信封，「最佳男主角的得主是——」

「莫榛！」

現場歡聲雷動，剛才壓抑的尖叫聲在這時爆發出來。

陳清揚跟著電視機裡的觀眾一起叫出聲，似乎已經從剛才的打擊中恢復過來，「我就知道是榛子！我就知道！」她說完後還覺得不夠，直接甩掉腳上拖鞋，跳到沙發上，「高森征服世界！哦耶！」

「……」黎顏只想著，小心不要摔下來啊。

五十吋的電視螢幕裡，鏡頭對準了莫榛。在鏡頭掃過去的一瞬間，黎顏看見了唐強。

咦？為什麼榛榛拿了影帝，唐先生的臉色還是不太好？

沒等她多想，莫榛就走上舞臺，準備發表獲獎感言。

闞然還站在臺上，對著莫榛曖昧地笑了笑，「莫天王，待會兒的獲獎感言，請著重分享一下你剛才說的那個人。」

現場觀眾也配合地發出了曖昧的喧譁聲，就算是在臺上風光無限的明星，私底下也和普通人一樣有著熱愛八卦的心。

莫榛從關然的手裡接過獎座，他當然早就準備好獲獎感言了，對於自己提到的喜歡的人，他明顯不打算繼續說下去。

雖然沒有聽到想聽的八卦，但現場觀眾還是把自己最熱烈的掌聲送給了這位剛出爐的影帝——嗯，雖然在影帝這方面，他已經很有經驗了。

加上莫榛的最佳男主角，《上帝禁區三》這次囊括了最佳導演、最佳編輯等七個獎項，成為了最大贏家。

典禮結束後，莫榛自然成為所有媒體圍堵的重點對象。莫天王心有所屬，這絕對比他再獲影帝更具有爆點且更適合當頭條。

不過莫榛出道十年，幾乎天天都在跟媒體打交道，他最擅長的，便是應付這些記者。如果他不願意，這些記者是不可能從他嘴裡探出任何消息的。

這也是唐強這麼生氣的原因。

紅毯上的那番話，明顯是莫榛故意說的，且不論他為什麼要挑這個時間和場合說這番話，單就在他完全沒跟自己商量過，就足夠讓唐強覺得被架空了。

還是架得很空的那種。

雖然他不反對莫榛談戀愛，但他也沒說過可以公開。更何況，這件事莫榛也沒有提前跟黎顏說過——如果他嘴裡那個人是她的話。

「劇組的慶功宴你不去了？」唐強看了一眼坐在副駕駛座的莫榛，語氣有些冷淡。

「不去了，我有點累，你送我回去吧。」說完，他就靠在椅背上閉目養起神來。拍了一天的戲，又在頒獎禮上折騰了這麼久，最後還被記者纏了半個小時，他真的累了。

不知道黎顏回家了沒有。

唐強看著旁邊一臉倦容的人，抿了抿嘴角發動了車子。已經十一點過了，路上車輛不多，夜色下的城市也沒有白日裡的喧囂，安靜得如同一位端莊的淑女。

唐強安靜地開著車，忍了一路始終沒忍住，「莫榛，你今天為什麼要在紅毯上那麼說？」

旁邊的人沉默了一會兒，才道：「不為什麼。」

唐強嗤笑一聲，莫榛這個人做事，從來不會沒有原因，「你知不知道公司明文規定不許談戀愛？」

「我有說我在談戀愛嗎？」

「有差嗎？」唐強有點生氣了，別的事他由著莫榛的性子也就算了，但這件事他是有底線的，「公司那邊一定會找你談話，你最好提前想好怎麼交代。」

莫榛閉著眼睛沒有說話。

唐強看了他一眼，又繼續道：「現在是你最紅的時候，公司是不會放你去結婚的。」他直接用了結婚這個詞。

莫榛直接在紅毯上這樣說，自己算是理解到他有多認真了。

「公司那邊我自己會去交涉，你不用操心。」

「呵，」這聲冷笑簡直是從唐強心裡泛出來的，「那黎顏呢？你問過她的意見嗎？她願意和你公開嗎？萬一你的粉絲對她做出什麼事怎麼辦？」

莫榛的嘴角動了動，終於睜開眼睛看了唐強一眼，「你真的不是剛才的那些記者假扮的？」這種提問方式簡直就是記者的拿手好戲。

唐強在內心翻了個白眼，這時還有心情跟他開玩笑，真不愧是天王啊！光想到明天的頭條是「莫榛戀人」而不是「再奪影帝」，他都能猜到公司高層的臉會有多綠了。

「唐強，我今天說這番話不是想要公開，只是想看看她的反應。」

他看得出黎顏對自己有好感，但並不是每個人都能承受和明星談戀愛的壓力，更何況她還是一個圈外人。

他今天只是說了句遇到喜歡的人，就被媒體這樣大肆報導，以後若真的在一起，就算他們不公開，她承受的壓力只會更大，而她，能不能接受呢？

他需要讓黎顏想清楚，她願不願意和這樣的自己在一起。當然，在這之前，她必須先釐清那份感情是偶像崇拜，還是真的喜歡他這個人。

他不希望在黎顏什麼都還沒有想清楚的情況下，就被自己吃了。

唐強的思路顯然和莫榛不在同個方向，他更關心的是這件事對莫榛造成的影響。所以現在聽到這些話，也只覺得只是在放閃光。

難道就不能找個更低調的方式試探對方嗎？非要搞得全世界的人都知道才開

心？表演欲不要太重！

把莫榛送到門口，唐強沒多做停留就回去了。

彼時黎顏已經回到家，正坐在客廳沙發上逛ＦＢ。

十條發文裡有九條都是圍繞著莫天王打轉，頒獎典禮的風光已經完全被莫天王的感情問題蓋了過去。

「水煮檸檬：既然都到了這個地步，我也只好承認了，其實莫天王說的那個人就是我，希望大家祝福我們。:)」

黎顏看著陳清揚剛發的這條ＦＢ，回覆道：「知恥者近乎勇，知無恥者近乎神勇。」

神勇的人豈止陳清揚一個。

才一個晚上，已經有無數網友跳出來承認莫天王說的就是自己，連許多大明星都參與了這個遊戲，最誇張的是……連上一屆影帝關然都來湊熱鬧！

黎顏似乎已經預見到，繼許願遊戲之後，這將會成為粉絲們最熱衷的遊戲。

耳邊傳來開門聲，黎顏微微側過頭，就見莫榛走了進來。

第六十二章

嫉妒

莫榛還穿著頒獎典禮上的那套西裝，除了神色有些疲倦外，和剛才在電視上看到的一模一樣。

這讓她覺得有幾分不真實。

她突然想起了陳清揚之前對自己說的話。

「能讓莫天王喜歡上的，一定是個非常優秀的人。臉蛋漂亮、身材火辣、頭腦聰明、性格又好，還會做一手好菜。」

黎顏的眸光動了動，在聽到莫榛說的時候，她真的以為那個人就是自己。但是仔細一想，莫榛身邊比自己優秀的人比比皆是，她會那麼順理成章地認為他喜歡的就是自己……實在有點自大。

迅速地調整好情緒，黎顏笑著從沙發上站起，「榛榛，恭喜你又拿了一個影帝。」

「謝謝。」莫榛站在門口沒動，聽黎顏先出聲了，才走了進來。

黎顏抿著嘴笑了兩聲，瞟了眼電腦右下角的時間，「你怎麼這麼早就回來了？不用跟劇組去慶功嗎？」

「我有點累，所以就先回來了。」莫榛脫下西裝的外套隨手搭在沙發上，又鬆了鬆繫在脖子上的領帶，在沙發上坐下。

黎顏眨了眨眼，咚咚咚地跑到廚房裡，拿出一瓶香檳，「沒關係，我準備了香檳，要不要來慶祝一下？」

莫榛淡淡地看了眼香檳，沒想到她真的準備了。

「隨便。」

黎顏放下手裡的香檳，又從廚房裡端來了幾個小盤子，上面放著一些小點心，「你應該肚子餓了吧，這些都是我媽媽親手做的，超好吃喔！」

盤子裡的點心賣相漂亮，肯定味道也有一定品質吧。莫榛的目光在上面停留了片刻，隨手拿起一個放進嘴裡。

確實好吃，甜而不膩，入口即化，似乎還有淡淡的清香。

黎顏砰一聲打開了香檳，倒了兩杯，遞了一杯給莫榛，「榛榛，乾杯！」

莫榛吞下嘴裡的糕點，抬眸看了黎顏一眼，她舉著酒杯，笑容像灑了蜜一樣甜。

「謝謝。」莫榛接過杯子，微微仰了仰頭，一口喝下，「我累了，先上樓睡覺了。」

說完，他就起身，黎顏手裡還拿著一口沒喝過的香檳，站在原地看著他。

「榛榛。」

莫榛走了兩步之後，停了下來，「什麼事？」

「那個……你說你遇到了喜歡的人，是真的嗎？」

黎顏說完這句，客廳又恢復了安靜。

莫榛還保持剛才的那個姿勢，靜靜地看著她，內心卻是澎湃不已。

天啊，她終於問了！

莫天王暗暗鬆了口氣，要是她再不問，他就要憋不住了。

莫榛轉過身，和黎顏面對面站著，「真的。」

他承認得這麼坦率，反而讓黎顏的心裡更不舒服了。她微微撇了撇嘴，又問道：「那她是誰啊？」

這段時間，她除了睡覺幾乎都和莫榛在一起，他哪有機會遇到喜歡的人？總不可能是趁她睡覺的時候吧？

……難道她以後得守在莫榛房門口嗎？

這個念頭剛在黎顏的腦子裡轉了轉，她的耳朵就悄悄地紅了幾分，感覺自己的想法越來越齷齪了。

「今天晚上已經有無數個人問我這個問題了。」莫榛的聲音一如在電視裡聽到的那般，溫和又帶著淡淡的疏離。

黎顏愣了一下，她怎麼跟那些記者一樣，死纏爛打起來了呢？她只是莫榛的助理，這種事也輪不到她來管。

「對不起。」她低著頭，小聲地道了歉。

莫榛看了她一陣，又淡淡地補充道：「不過我可以告訴妳。」

「啊？」黎顏抬起頭來，似乎還沒有完全消化莫榛剛才說的那句話。

莫榛卻自顧自地說了下去：「她叫阿遙。」

阿遙。

黎顏皺了皺眉，有些不確定地問道：「我的……綽號？」

莫榛的嘴角終於彎起一個弧度，他忍不住笑著道：「嗯。」

「那……我要怎麼樣才能切換到綽號呢？」黎顏的眉頭皺得更緊了，看起來十分苦惱。

又是一聲短促低沉的輕笑，莫榛看著對面的人，連眼裡也染上一層似有似無的笑意，「先飄一個來看看。」

「……」莫天王的口味有點重啊。

「妳看過網路新聞了嗎？」莫榛突然換了一個話題，走到了沙發旁。

黎顏有些不明所以，還是老老實實地答道：「看了。」

「明天說不定會上頭條。」

「……哦。」他是專門說來炫耀的嗎？

「妳有什麼想法？」

「滿……有趣的。」

莫榛不動聲色地看了她一眼，沉默了一會兒，才又問道：「自己的私事被公開來議論，妳不覺得討厭嗎？」

「還好吧，不管他們說什麼我的日子還是得過啊，就當看一場鬧劇好。」

「……」莫榛心想，這麼成熟樂觀的心態，不在演藝圈發展真是可惜了。

「那就好。很晚了，趕快去睡覺吧。」莫榛說完，便轉身上了二樓。

黎顏還沉浸在莫榛的回答中，根本沒想太多，便跟著乖乖上二樓，回房間休息去了。

第二天，各大報紙的頭條果然被莫榛占滿，除了報導他再次奪得影帝，對他在紅毯上說的那番話更是做了詳細解析。

FB上搶著承認的遊戲也在持續進行，根據官方統計，除了成千上萬的粉絲之外，跳出來承認的大明星已多達十二個，且男女皆有。

唐強看著莫榛貼文的按讚數達到新高峰，覺得他果然是當明星的料。別的明星如果公開承認戀愛，結局一定是人氣下跌。可到了莫天王這，人氣卻是不減反增，看來莫天王的自我行銷技能達到最高等了。

也許昨天是他誤會莫榛了。

為了表達歉意，唐強登入了他很少用的公司FB帳號，發了一篇文。

「你們都不要爭了，其實莫棒說的是我，畢竟我們天天在一起，日久生情也是很正常的！」

接下來，好像整棟凱皇大樓都沉默了三秒。

此時，黎顏正坐在副駕駛座，看著唐強剛發的文，默默替他祈禱。

祈禱什麼呢？祈禱莫榛看到之後，不會氣到說要換到其他公司。

正想著唐強，唐強的名字就出現在手機螢幕上，嚇得她差點把手機扔出去，

「早安，唐先生。」

「後天公司有個酒會，妳通知莫榛一聲，時間和地點我等一下傳簡訊給妳。」

「哦。」

「還有董事長要見他，叫他這兩天抽空來公司。」

「……」

「聽到了嗎？」

「……聽到了。」

「確定時間以後提前通知我，儘快。」

「好的。」

莫榛瞟了一眼黎顏自掛斷電話後就不太好的臉色，皺了皺眉，「他說什麼？」

「唐先生說董事長要見你。」黎顏回過頭，一副悲天憫人的表情看著他。

這模樣倒是把莫榛逗笑了，「他有沒有說什麼時候？」

「他說讓你儘快抽空過去一趟。」

莫榛想了一會兒，「那就明天上午吧，你跟唐強說一聲。」

「好。」黎顏點了點頭，手機就震動了一下，是唐強傳的簡訊，「後天晚上七點半公司有個酒會，就辦在公司。」

莫榛微微皺了皺眉，他不喜歡這些應酬活動，但是公司一年一次的酒會，還是得出席才行。

他看了身旁的黎顏一眼，輕輕道：「後天的酒會，妳跟我一起去吧。」

第六十三章

酒會

凱皇每年的例行酒會通常選在五、六月舉辦，受邀的除了公司董事和藝人以外，圈內的一些知名人士和錢多的投資者也會收到邀請函。說得直白一點，這個酒會的目的就是製造一個互相認識、打好關係的機會。

這種酒會通常是憑邀請函入場，黎顏當然沒參加過，所以她翻遍衣櫃也找不出一件適合這種場合的衣服。

頹然地看著被翻得亂七八糟的衣櫃，黎顏終於放棄掙扎，在床上坐了下來。

看來只能趁明天去買一件衣服了。

想到這裡她就一陣心痛，雖然前陣子才剛發薪水，可是兩萬塊的薪水扣去健保，剩下的……也不知道夠不夠買一件。

為什麼她才剛發薪水就要全部花掉？嗚嗚……

好在唐強真的把試用期縮短到一個月，下個月開始她就可以拿正式員工的薪水了。

此外，唐強說莫榛對她的工作表現給予高度評價——雖然他不知道一個連車都不會開的助理到底有什麼地方好，但還是幫她加薪到四萬塊。

她現在跟著莫榛，每天都排得很滿，根本沒什麼時間出去逛街，再加上在這裡吃莫榛的用莫榛的，薪水匯進去後還沒動過，按照這個速度下去，很快她就能成為小富婆啦！

這樣一想，黎顏的心裡終於舒服了。

因為晚上的酒會，劇組要早點收工，所以提前拍攝。黎顏看了看時間，才睡了三個多小時，真是要人命。

打著哈欠從樓上下來，莫榛已經坐在客廳裡吃早餐了。他似乎習慣了這種只睡兩三個小時的生活，雖然看起來也有點疲倦，但是跟黎顏比起來，算是神清氣爽了。

「榛榛早。」黎顏拿起放在桌上的牛奶，幫自己倒了半杯，「我今天能請半天假嗎？」

莫榛抬眸看著她，咬了一口手裡剛烤好的麵包，「有什麼事嗎？」

「我想去買晚上要穿的衣服。」黎顏在椅子上坐下，眼睛都快睜不開了。

莫榛手上的動作頓了頓，「不用，今天收工以後和我一起去。」

「哦。」黎顏手裡拿著麵包，人卻往椅子下面滑了滑，像在說夢話一樣應了一聲。

莫榛失笑，走到她跟前揉了揉她的頭髮，「實在太睏的話就上樓睡覺吧，我下午收工後打給妳。」

「不用，我不睏！」

強迫自己睜開眼，黎顏坐直身體，咬了一口手裡快要掉下去的麵包，「我吃點東西就好了！」

莫榛低頭看了她一陣，輕聲道：「不要太勉強自己，身體要緊。」

「榛榛你才是啊，每天這樣拍戲身體會吃不消的。」

她還可以坐在片場打混，莫榛卻是一直在拍戲，要說辛苦，他不知比自己辛苦多少倍。

莫榛無聲地笑了笑，走到椅子前坐了下來，「我習慣了，但是妳不必勉強自己。」

「我是你的助理，當然要跟你在一起！」雖然老闆經常給她機會翹班，但她是一個有責任感的員工！

唔……莫榛撐著下巴，沉吟地看著她。

黎顏被看得有些困窘，她摸了摸自己的鼻尖，試探地問道：「怎麼了？」她剛才說錯了什麼嗎？

「沒什麼，吃飯吧。」莫榛收回目光，繼續解決早餐。

「哦。」

黎顏看了看時間，也飛快地啃起麵包來。

在車上睡了半個小時，到達片場時黎顏的精神已經好了許多。莫榛只在化妝師幫他化妝時瞇著眼睛休息了一會兒，看得她又自責起來。

上次的車禍只是意外，她只是不太熟練而已，可每次跟莫榛提到開車的事，他都會板著臉拒絕自己，沒有商量餘地。

《鬼校》已經連續拍攝兩個月了，劇組的工作人員都進入了疲憊期，導演趁著今天收工得早，決定明天給大家放一天假，換來現場一片歡呼。

有了放假的動力，大家的工作效率一下子就提高不少，連黎顏的眼睛裡都閃爍著感動的小淚花，假期！假期！她終於可以名正言順地放一天假了！

「明天我還有別的工作。」趁著休息的空檔補眠的莫榛睜開眼看著她道。

黎顏眼裡的小淚花生生地被逼回眼眶裡，她不可置信地看著莫榛，「什麼工作？」

「《TOMATO》雜誌的寫真。」莫榛回答得很簡短，說完後又繼續閉起眼。

莫天王簡直就是工作狂。

她臉上的表情變了變，最後還是語重心長地道：「莫天王，工作強度太大很容易過勞死的。」

「……」莫榛沒睜開眼，心想這是詛咒嗎？還是對他的忠告？

有效率的拍攝下，下午四點劇組就收工了。徐導和溫曉曉都收到了凱皇的邀請函，聽說《鬼校》的作者也會參加今晚的酒會。雖然黎顏不追星，不過能有機會見到那麼多名人，她還是滿期待的。

收工後，溫曉曉想約莫榛一起去酒會，但莫榛以自己還要去做 SPA 為藉口婉拒了。

黎顏跟著莫榛上了車，直到車子開到看不見片場後，她才覺得溫曉曉怨念的目光消失了。

「榛榛，我們要去哪裡買衣服啊？」

「安奕的工作室。」莫榛答道。

安奕？

黎顏總覺得這個名字有點耳熟，努力想了半天，終於想起來是誰了。

國際知名的服裝造型師，聽說找他做造型得提前一個月預約。

安奕的工作室離凱皇大樓不遠，雖然外觀沒有凱皇的大樓氣派，但裝修絕對時尚且帶有個人特色。

黎顏吃驚地看著一排排按照色系分好的配件，這是把整個百貨公司都搬來了吧？不僅如此，每張化妝桌上都整齊地擺放著各種化妝品，連指甲油都有近百種顏色。

「莫先生，請您稍等一下，安老師馬上就下來。」工作人員對著莫榛笑了一下，示意他們在旁邊的沙發休息。

莫榛點了點頭，走到沙發前坐下，隨手拿起一本雜誌翻了起來。黎顏有些拘謹地跟了過去，總覺得在這種地方不太自在。

「不好意思，今天稍微有點忙。」

一個男人從樓梯上走了下來，聲音很悅耳，卻帶著一點外國口音。

黎顏看了過去，他穿著一件粉紅色襯衫，外面套著一件黑灰色背心，淡金色的頭髮上戴著一頂英式的平頂禮帽，左耳上還有兩顆銀色的耳釘。

男人穿粉紅色很容易給人娘娘腔的感覺，但是他只讓人覺得乾淨時尚。

「能有機會等安大師，我很榮幸。」

莫榛放下手裡的雜誌，從沙發上站起。

安奕笑了笑，打量起黎顏來。

黎顏本來還坐在沙發上，現在被他這樣一看，連忙從沙發上站起，「你、你好。」

安奕對她點了點頭，算是問好，然後又看向了莫榛，「就是她嗎？」

「嗯，交給你了。」

黎顏一臉莫名地看著他們，這兩個人剛剛是不是做了什麼交易？

「本來找我應該提前預約的，不過看在莫天王的面子上，我就接了。」安奕雙手插在褲兜裡，又上下看了黎顏幾眼，然後笑了笑，「放心吧，馬上打造一個公主出來。」

「……」

所以，他們到底進行了什麼交易？

莫榛應了一聲又再坐了下來，安奕則拉著黎顏往樓上走，黎顏求助般地回頭看自家老闆，他就像沒發現似地埋頭看雜誌。

「是去參加凱皇的酒會嗎？」

一直拉著自己胳膊的安奕突然開口，黎顏愣了愣，然後點點頭，「是的。」

「嗯。」安奕應了一聲，似乎在思考著什麼。

樓上是一個比一樓更大的化妝間，琳琅滿目的衣服和鞋子占了一半。

「Ada，先幫她洗一下頭。」安奕將黎顏交給一位工作人員，自己便走到了成堆的衣服中挑選起來。

黎顏也不知道對方要做什麼，只能乖乖被帶去洗頭。出來時，安奕已經脫掉了他那件馬甲，坐在化妝臺前等她。

「OK，到這裡坐下。」

安奕指了指自己旁邊的座位。

黎顏抿著嘴角走到安奕指定的位置坐下，然後便看著他對自己的頭髮修修剪剪。

「妳的髮質不錯。」安奕一邊剪掉黎顏的髮尾，一邊稱讚道，「臉型我也很喜歡，很有東方古典美人的感覺。」

「謝謝。」黎顏憋了半天，只吐出兩個字來。

安奕透過鏡子看了黎顏一眼，然後忍不住笑了一聲，「不用這麼緊張，放鬆一點，應該去享受這個過程。」

「……」被他這樣一說，她更緊張了啦！

黎顏的頭髮從直髮漸漸變成了大波浪，她不由有些驚嘆。

這種髮型容易顯老，所以她才只燙了髮尾的一小戳，可此時這個髮型由安奕來做，不僅不覺得老氣，反而十分時尚漂亮。

女人的魔法師。

這六個字突然從腦海裡蹦出，這是當時網路上對安奕的評價。

他的手真的就像有魔法一樣，能讓女孩搖身一變成為公主。

頭髮燙的是一次性的，所以並沒有花多少時間。安奕放下手裡的吹風機，對一旁的 Ada 道：「衣服鞋子和配飾我已經選好了，帶她去換上吧。」

「好的。」Ada 對黎顏笑了笑，「請跟我來。」

安奕挑的是一件水藍色的露肩連身裙，左腰上縫著一個大蝴蝶結，鞋子選的是同色系的涼鞋，還為她配了一條綴著粉色玫瑰的項鍊。

黎顏換好衣服後，都快認不出自己了。

安奕似乎對自己的作品很滿意，對著黎顏吹了聲口哨，又把她叫過來化妝。他化得很仔細，連指甲油都是自己親手塗上的。

做完指甲，他用左邊的長髮挽了一個小巧簡單的髻，在上面插了一朵鑲著水鑽的藍色小花，「好了，妳可以去見莫天王了。」

黎顏長這麼大還沒穿過這樣的小禮服，所以不太習慣，而且還要被帶到莫榛的面前給他看，這讓她有些緊張。

走到樓梯口時，莫榛正閉著眼睛靠在沙發上補眠。不過他已經換了一身衣服，頭髮也重新吹了一下，顯得柔軟又服貼。

衣服是特別設計的黑西裝和白襯衫，紫紅色領帶成了點睛之筆。

榛榛果然好帥！

似乎是感覺到黎顏熱情的目光，莫榛的睫毛顫了顫，緩緩睜開眼。

微微一抬眸，便看見了站在樓梯上的黎顏。

捕捉到他眼裡一閃而過的驚豔，安奕笑了一聲，開口問道：「莫天王，對我的作品還滿意嗎？」

莫榛瞥了他一眼，起身朝樓梯口走去，「主要是因為模特兒好。」拉過黎顏，又仔細打量了幾眼，眉頭微微皺起，「有不露肩的嗎？」

雖然搭在肩上的長髮遮住了大半肩膀，但這樣若隱若現的樣子反而更讓人想入非非，「還有，裙子會不會太短了？」

安奕扯了扯嘴角，「放心吧，有你跟在她身邊，沒人敢下手的。」

莫榛覺得這話有道理，不過還是不死心地問：「就沒有那種從頭裹到腳的衣服嗎？」

那你直接扯塊窗簾裹在身上不就行了？安奕扭過頭去不說話。

黎顏聽莫榛這樣說，也覺得衣服的布料好像少了一點。有些不自然地扯了扯裙襬，她為難地看著莫榛，「榛榛，我只帶了兩萬塊在身上……」

不算頭髮和化妝，光這身衣服和鞋子，恐怕她就負擔不起了。

安奕在後面笑出聲來。莫榛忍住嘴角的抽搐，對著自家小助理露出一個標準的微笑，「刷我的卡。」

黎顏一臉呆愣，心想完蛋了，這下要工作幾年才還得清？

沒在安奕的工作室多做停留，莫榛直接帶著黎顏去了酒會。看著電梯一層層往上攀登，黎顏的心好像也跟著提了上來。

她從來沒參加過這種高級酒會，會不會和大家談不來？如果出了什麼錯，會不會給榛榛丟臉？

莫榛側頭看了她一眼，握住她的手輕聲道：「不用擔心，去了以後只要吃東西就好。」

「……」榛榛還真是貼心呢。

會場在二十一樓，當電梯門打開的那一刻，莫榛把邀請函遞給門口的侍者，下意識地伸手去拉黎顏，可是卻在碰到她之前停了下來。

「走吧。」

「好！」黎顏嚴肅地點了點頭，表情就像奔赴戰場的勇士。

「……」其實只是個普通的酒會，真的不用這樣。

會場裡已經到了不少人，聽見腳步聲，都有意無意地看了過去，然後表情不約而同地變得有些微妙。

莫榛每年都會參加酒會，但他從來沒帶過女伴。這樣堂而皇之地帶著一個女人在身邊，難免會讓人覺得是不是和之前的發言有關。

這也是溫曉曉為什麼想約莫榛一起來的原因。只要跟他一起出現，妳什麼都不用做，大家看妳的目光就不一樣了。

黎顏不習慣被注目，腳下步子越發遲疑，莫榛不著痕跡地握了握她的手，低聲道：「不用管他們，妳看看有沒有什麼想吃的。」

「……」所以在莫天王的眼裡，她只是一個愛吃的人嗎？

其實真相是，在莫榛心裡，這些酒會唯一的可取之處，只有食物了。

黎顏雖然在心裡憤憤不平，但還是沒骨氣地四處找起食物。

莫榛一直跟在她身邊，她走到哪裡他就跟到哪裡。

這可苦了一大票想上來跟莫榛打好關係的人。莫榛來了以後，自然成為了全場焦點，可是現在他一步不離那個女人，大家也不敢貿然上前打擾。

萬一不小心踩到地雷呢？

不過總有人是不怕的。唐強手裡端著一杯香檳，從另一端走來。

莫榛看了一眼正埋頭吃東西的黎顏，擋在她身前道：「什麼事？」

這不滿的語氣讓唐強挑了挑眉梢，「你們已經到了形影不離的地步了？」

「如果你是過來確定這個的，那我告訴你，是。」

見莫榛說完就做勢欲走，唐強趕緊叫住他，「你是怎麼說服董事長的？」

昨天董事長找他單獨談完話後，就下達命令說公司不許干涉莫榛的感情問題，連唐強都不得不佩服他的手腕了。

「沒什麼，我只是告訴他如果不同意我結婚，那我就找一間同意我結婚的公司而已。」

「……」這樣直白地威脅董事長，真的沒問題嗎？

莫榛看了唐強一眼，勾著嘴角笑了笑，「唐強，董事長他當了一輩子的商人，絕不會讓我們占到便宜的。」

唐強愣了一愣，也跟著笑了一聲，沒錯，他又何必幫董事長擔心呢。

他瞟了眼吃得不亦樂乎的黎顏，抬頭道：「她打扮一下還滿漂亮的，你要小心。」

「謝謝提醒。」

莫榛點了點頭，轉身去找黎顏了。

他一走，那些原本想上前搭話的人，都先找唐強探起了口風。沒過多久，整個會場的人都知道了莫榛帶來的人是他助理。

明星參加酒會還把助理打扮得那麼漂亮帶在身邊？只能說莫天王是一個體恤下屬的好上司。

黎顏看著不斷被人上前搭話的唐強，由衷地感嘆道：「唐董人氣真高。」

莫榛沒糾正她，只是往唐強的方向看了一眼，「你看見那個女人了嗎？」

「黃頭髮的那個？」黎顏瞅了過去。

「嗯。」莫榛點了點頭，「她旁邊的那個男人是王總，A市出了名的錢多人傻的土財主。那個女人應該是他最近的新歡，應該是想讓唐強簽下她，不過唐強早就不簽人了。」

「……」要是放在以前，她一定做夢都想不到，她會有機會跟莫天王一起討論八卦。

那邊唐強剛好以自己不簽新人的藉口拒絕了王財主，並建議他可以去問問羅天成。打發走了一批人，下一批人又貼了上來。

此時，門口又傳來了一陣騷動，莫榛看了一眼，為黎顏介紹道：「那個就是《鬼校》的作者。」

「哪裡哪裡？」

黎顏興奮地往向門口望去，那裡圍了一圈的人，中間站著一個男人，穿著樣式最簡單的黑西裝和白襯衫，臉上戴著一副無框眼鏡，抿著嘴角有些拘束地對周圍的人微笑。

「那個就是秋意啊！」雖然秋意這個筆名聽上去很少女，但是秋意本人與其說是少女，不如說是秀氣，像極了古代書生，「我能找他簽名嗎？」

莫榛有點不悅，「妳是他的粉絲？」

「不是，但我有個朋友很喜歡他。」

莫榛的眸光動了動，大概猜到那個朋友是誰了。

「我待會兒幫妳問問。」討好喜歡的人的朋友也是很重要的。

「謝謝榛榛！」

黎顏想了想，又問道，「你也能幫我簽個名嗎？」

莫榛看著她，眨了眨眼，「妳是我的粉絲？」

「我朋友是你的超級粉絲！我曾經暗藏了她一張你的海報，所以想還一張你的簽名海報給她……」

黎顏聲音漸漸弱了下去，她知道公司規定不得向藝人要求簽名。

莫榛看著她的頭頂笑了笑，「我待會兒回休息室幫妳找找。」

「榛榛你真好！」

「不要忍著，我允許妳上來親我一口。」

「……」

——《早安，幽靈小姐03》完

高寶書版集團
gobooks.com.tw

輕世代 FW182
早安，幽靈小姐03

作　　者　水果布丁
繪　　者　arico
編　　輯　林思妤
校　　對　林紓平
美術編輯　彭裕芳
排　　版　彭立瑋
企　　劃　陳煒翰

發 行 人　朱凱蕾
出　　版　英屬維京群島商高寶國際有限公司臺灣分公司
　　　　　Global Group Holdings, Ltd.
地　　址　臺北市內湖區洲子街88號3樓
網　　址　www.gobooks.com.tw
電　　話　(02) 27992788
電　　郵　readers@gobooks.com.tw（讀者服務部）
　　　　　pr@gobooks.com.tw（公關諮詢部）
傳　　真　出版部　(02) 27990909　行銷部 (02) 27993088
郵政劃撥　19394552
戶　　名　英屬維京群島商高寶國際有限公司臺灣分公司
發　　行　希代多媒體書版股份有限公司/Printed in Taiwan
初版日期　2016年2月

國家圖書館出版品預行編目(CIP)資料

早安，幽靈小姐 / 水果布丁著.-- 初版. -- 臺北市：高寶國際, 2016.02-
　冊；　公分. --

ISBN 978-986-361-256-8(第3冊：平裝)

857.7　　104020054

三日月書版

三日月書版

GOBOOKS
& SITAK
GROUP ©

GOBOOKS
& SITAK
GROUP©